MARTE SOMBRIO

MARTE SOMBRIO

ALDIVAN TORRES

Canary Of Joy

Contents

I

Marte sombrio

Aldivan Torres

Marte sombrio _____________________________

Autor: Aldivan Torres

@2018-Aldivan Torres

Todos os direitos reservados

Aldivan Torres, natural de Arcoverde-PE, é um escritor consolidado em vários gêneros. Até o momento tem títulos publicados em nove línguas. Desde cedo, sempre foi um amante da arte da escrita tendo consolidado uma carreira profissional a partir do segundo semestre de 2013. Espera com seus escritos contribuir para a cultura Pernambucana e Brasileira, despertando o prazer de ler naqueles que ainda não tenham o hábito. Sua missão é conquistar o coração de cada um dos seus leitores. Além da literatura, seus gostos principais são a música, as viagens, os amigos, a família e o próprio prazer de viver. "Pela literatura, igualdade, fraternidade, justiça, dignidade e honra do ser humano sempre" é o seu lema.

Dedicatória e agradecimentos

Dedico esta oitava obra da série o vidente a todos que me acompanham e que contribuem direta ou indiretamente para a consolidação da minha carreira. Eu não sou nada sem vocês. Também dedico em especial a todos os ávidos pelo conhecimento. Vamos aprender um pouco mais.

Meus agradecimentos vão em primeiro lugar ao meu pai espiritual, á minha família, amigos, companheiros de trabalho e em extensão a toda a humanidade. Estar vivo e fazer parte deste trabalho é simplesmente sensacional. Obrigado a todos.

"Eu vi o seguinte: Do lado norte soprava um forte vento. Foi então que eu vi uma grande claridade e um turbilhão de fogo. Havia claridade em torno da nuvem e, no centro, um brilho faiscante, bem no meio do fogo. Do meio da nuvem surgiu algo parecido com quatro animais e cada um lembrava também uma forma humana. Cada um tinha quatro rostos e quatro asas. Suas pernas eram retas e seus cascos pareciam cascos de boi, só que eram brilhantes como bronze polido. Debaixo das asas saíam mãos humanas pelos quatro lados. Seus rostos e asas também estavam voltados para as quatro direções. A asa de cada um encostava na asa do outro. Ao se movimentarem, eles não se viravam, mas cada um ia para a frente. O rosto deles era parecido com o rosto de um homem. Do lado direito, tinham aparência de leão, e do lado esquerdo tinham aparência de touro. Os quatro tinham também aparência de águia. As asas abriam-se para cima. Duas chegavam a encostar na asa do outro e duas cobriam o corpo. Todos se moviam para a frente, seguindo a direção para o qual o vento os conduzia. Enquanto se moviam, nunca se voltavam para os lados. No meio dos animais havia uma coisa parecida com brasas acesas, queimando como tocha. Esse fogo se movia entre os quatro animais era brilhante, e dele saíam relâmpagos. Os animais no seu vaivém pareciam coriscos." (Ezequiel 1,4-14)

Introdução

Marte sombrio é uma aventura no exterior que revela pouco a pouco a sabedoria antiga. É o oitavo livro da série o vidente, cheio de aventura. conhecimento, mistérios e surpresas. Vale a pena conferir.

O que aconteceu após o pós-guerra de Chrovos? Que consequências teria? Estas e outras respostas você terá se ler o texto até o fim. Uma boa leitura.

A decepção

Já era quase noite daquela fatídica quarta-feira. Eu voltava cansado da faculdade imerso nas minhas preocupações habituais e me perguntava o que significava receber a visita do carteiro àquela hora na varanda da minha casa ainda mais sendo um jovem esbelto, charmoso e simpático. Num primeiro momento, isto me passou despercebido devido ao olhar de gravidade que ele me encarou. Com um ar sombrio, ele me passou uma carta e então tive que assinar em diversos campos num formulário branco e estas formalidades burocráticas deixaram-me ainda mais excitado. Mais relaxado, ele se afastou e então pude ficar sozinho com as minhas expectativas. Do que realmente se tratava a dita cuja correspondência que estava em minhas mãos? Eu estava prestes a descobrir.

Observando melhor, pude perceber que o remetente era uma editora cujo primeiro livro enviei via correios. Mas tão rápido? Pergunto-me. O normal seria esperar o prazo de seis meses para eu obter uma resposta concreta. Bem, já que foram tão prestativos eu imediatamente iniciei as tratativas de abertura do material. Delicadamente, da varanda subi até meu quarto onde peguei uma tesoura que me auxiliou na abertura do envelope. De dentro dele, puxei um papel branco fino que se tratava da resposta que eu tanto esperava. Minha mente ávida por informação foi tragando palavra a palavra o comunicado e ao final encontrei-me decepcionado. Minha proposta fora simplesmente recusada.

Como assim? Eu não podia acreditar que meu sonho fora simplesmente rechaçado por aqueles que deviam apreciar a cultura nacional. É bem verdade que aquele primeiro livro com título "Visão de um médium" era ainda um trabalho primário sujeito a ajustes sendo ele minha primeira aventura no ramo das letras. O que eu não podia aceitar eram aquelas palavras desmotivadoras que simplesmente descartavam meu trabalho? Absolutamente eu era bom demais para ser esnobado daquela forma e se antes eu tinha respeito pelas pessoas que dirigiam aquela instituição renomada eu tinha um misto de asco e desprezo. Restava agora para mim o desespero e o sofrimento de não ter ninguém que acreditasse em meu sonho.

A vida se seguiu. Dos conselhos e consolos os quais recebi o maior apoio foi do meu pai espiritual. Interiormente, ele me afirmou que eu seria ainda um grande homem e mesmo sem expectativa nenhuma naquele momento eu não podia duvidar. O presente mostrava incerteza, insegurança, pobreza, dúvida e medo. Já o futuro demonstrava ser de sucesso, felicidade e fortuna. O difícil era esperar o tempo certo de Deus, mas ele não falharia. Esta era minha última esperança de sucesso no mundo literário. Estávamos nos idos de 2007.

Tempo atual

Acordei com um sentimento do passado e ao olhar para trás, vejo as coisas se concretizando pouco a pouco. Hoje, sou um funcionário estável e apesar de estar no início da carreira literária já tenho mais de dez obras escritas com publicações nas línguas portuguesa, espanhola, inglesa e francesa. O sucesso verdadeiramente ainda não chegou, mas são ótimas as expectativas. Sou um jovem bacana, realizado e transformado por sete aventuras da série o vidente. Na primeira, O livro conta a história de um jovem sonhador que numa tentativa desesperada de realizar seus sonhos, empreende uma viagem a uma montanha que promete ser sagrada. Ele a escala, supera os obstáculos e chega ao seu topo. Lá, conhece a Guardiã, um ser milenar detentor de praticamente todos os mistérios e ajudado por ela, realiza desafios que o credenciam a entrar na misteriosa e perigosa Gruta do desespero (um local sagrado que promete realizar os sonhos mais profundos). Ao entrar, vai superando os obstáculos e finalmente chega à Câmara secreta, onde se transforma num vidente, um ser superdotado de dons. Com tudo realizado, sai da gruta e encontra-se com a guardiã que o envia numa missão ainda mais impossível: reunir as forças opostas, solucionar injustiças e ajudar alguém a se encontrar. Ele aceita o projeto e, com seus novos poderes, faz uma viagem no tempo guiado por um pedido de socorro. A viagem é um sucesso e durante trinta dias é submetido a diversas aventuras que o levam a realizar-se. De volta ao seu tempo, ele comemora o seu sucesso. Promete a si mesmo continuar a sua missão, evoluindo cada vez mais trazendo entretenimento para os leitores que o seguirem. Na segunda, vivi um intenso descobrir dum período bem difícil da minha vida chamada de "A noite escura da alma". A vida nos faz viver dias tenebrosos, tristezas que não queremos que fossem reais. "A noite escura da alma" é a continuação de "O vidente", sendo que o personagem principal retornou a uma montanha em busca de respostas para um período conturbado de sua vida, momentos que se esquecera de Deus, dos seus princípios, perdendo-se em pecados. Na montanha, "O Vidente" teve contato com dois "seres elevados", que o guiaram ao conhecimento. Contudo, ele é profundamente ligado aos sete pecados capitais e apesar da experiência adquirida, seus problemas não se resolveram, tendo então que fazer uma jornada à "Ilha perdida", sede do reino dos anjos. Este livro é uma travessia repleta de perigos, piratas, uma grande aventura no mar, trazendo-nos reflexões e questionamentos, ao qual nos perguntamos se seria possível que um criminoso se recupere após se afundar completamente na escuridão, e, havendo, ele realmente encontraria a paz por seus crimes? Encontraria o perdão em si mesmo? Acharia a felicidade? Ou seria apenas uma ilusão, uma trégua para uma noite ainda mais escura? Vale a pena descobrir. Na terceira, "O encontro entre dois mundos" é uma grande jornada dos aventureiros vidente e Renato. Está dividido em duas partes que se situam no passado e no presente respectivamente que buscam mostrar a importância da luta para concretização dos nossos ideais sejam eles quais forem. Na parte um, viagem a Sítio Fundão-Cimbres-Pesqueira-PE ao encontro dum dos responsáveis por uma revolução no passado. Ajudados por ele, a dupla em questão é treinada até desenvolver a co-visão, chave para a visão da história. Quando estão preparados, são submetidos a ela e viajam ao início do século XX no Nordeste, tempo de opressão, injustiças e preconceitos e de fome. Durante todo o tempo, observam o exemplo da população lutadora da época, especialmente um grupo que toma parte ativa na trama. Contudo, será que tiveram sucesso absoluto em seus objetivos? Desmascaram as elites? Ou fracassaram? E ainda será que conseguiram o tão esperado encontro de mundos tão dispares em relação às classes sociais, opiniões, estereótipos e amor? Vale a pena conferir. Na parte dois, a dupla realiza nova viagem com o objetivo de concluir seus trabalhos e alcançar o milagre tão procurado. Desta feita, vão a Carabais procurar um segundo personagem do passado e ao encontrá-lo são submetidos a novo treinamento. Quando prontos, a parte dois da história se mostra. Nela, o leitor se deparará com os seguintes questionamentos: até que ponto a questão social atrapalha no sucesso? É viável persistir mesmo depois de vários fracassos? Vale a pena privar-se do amor por conta de preconceitos sem ao menos tentar? Alguém que tem um dom pode considerar-se especial ou isto pode ser loucura? Tudo isto e muito mais você vai conferir na história de Divinha, alguém em busca do destino e do sucesso que todos nós merecemos. Na quarta, A história começa quando Philiph Andrews, um auditor da fazenda marcado por uma tragédia, começa a questionar-se o porquê do seu mau destino ficando revoltado e indignado. Por um lance do destino, descobre um livro e um autor e resolve procurá-lo. Ao encontrá-lo com seu parceiro de aventuras decidem fazer uma viagem ao deserto distante onde supostamente encontrariam com Deus e solucionariam seus problemas. A viagem então é realizada, encontrando dois guias no caminho que os levam ao local desejado, deserto de Cabrobó. Passando por dez cidades no deserto, desenvolvem um bate-papo gostoso entre si e os convidados respectivos e subitamente Deus começa a falar através dos guias respondendo a questões cruciais. Tudo o que é revelado vai ajudando na elaboração do "testamento", um código dado por Deus e nunca decifrado na história humana e angélica. E aí? Você acredita que Deus pode revelarse em situações extremas? Ou é apenas um delírio de todos os envolvidos? Leia então o testamento, um livro destinado especialmente a quem perdeu a fé em Deus, e tire suas próprias conclusões. A quinta apresenta Treze histórias, um sonhador, um jovem e dois arcanjos em busca da verdade. O que tem em comum uma depressiva, um pedófilo, uma mulher que provocou aborto, um drogado, um jogador profissional, cientistas, criminosos, uma sexóloga, um esquizofrênico e uma deficiente? Ambos procuram refletir sobre seus atos, seus rumos futuros ao lado do vidente, um ser revolucionário e especial, numa grande viagem no nordeste brasileiro. Declarando-se o filho de Deus, ele promete escutar a todos, aconselhá-los e dar dicas valiosas sobre como retomar a vida mostrando ao longo do tempo sua personalidade e do seu pai. O objetivo maior de tudo é despertar o "eu sou" interno de cada um deles e alcançando este milagre a verdade enfim será revelada. "Eu sou" também representa um grito de liberdade frente às convenções sociais a exemplo do que fez Jesus no passado. "Eu sou" mostra-se desta forma como verdadeiramente o ser humano é em contradição com aqueles que estão acostumados a julgar os outros. Um livro instigante e que promete muito. Já "Guerra nos céus" é a sexta épica jornada da equipe da série o vidente. A trama desenvolve-se no planeta Kalenquer, portais dimensionais, São Paulo antiga e atual. Na primeira parte, traz como conteúdo a grande guerra universal, a guerra dos anjos, e as reflexões pertinentes. Na segunda, um aprofundamento sobre os preconceitos os quais causam na atualidade uma guerra implícita na humanidade.

O objetivo do livro é descobrir um pouco do destino, a nossa história, a realidade atual da sociedade humana e traz um convite para podermos tomar a rédea de nossas decisões e quem sabe alterar antigos paradigmas. Basta apenas querer, seguir os mandamentos de Javé e então o impossível tornar-se-á possível. Por último, buraco negro é a sétima aventura da série "O vidente" e que promete muita emoção, aventura e suspense. Inspirados pela aventura revelada em Kalenquer, nossos amigos vão buscam compreender o maior desafio de todos: "O buraco negro", um ponto para onde tudo converge e se transforma.

A fim disso, é necessário superar o desafio dos selos, algo nunca alcançado por um ser humano. Neste caminho, encontram um mestre, uma viagem, desafios, ricas experiências, dor, sofrimento, reconhecimento, vitória e fé. Um livro que vai inspirá-lo a ser um ser humano mais atuante, ligado com Deus e com o bom conhecimento. Agora, estou na oitava. Em cada uma delas, pude vivenciar histórias incríveis que trouxeram alegria, entretenimento e conhecimento para os leitores. Eu era um herói por superar minhas péssimas condições de vida e ter me mantido nove anos depois ainda com esperanças de sucesso no campo pessoal e profissional. Ainda havia muito que batalhar, mas minha atitude positiva me orgulhava. Eu sou um artista disposto a disseminar a cultura nacional pelo mundo inteiro.

Ergo-me instantes após acordar. A primeira coisa que faço é tirar a roupa, calçar as sandálias, pegar uma toalha, sabonete e xampu e dirigir-me a suíte do meu quarto. São poucos passos até lá e chegando posso ficar mais à vontade. Fico debaixo do chuveiro e o primeiro jato de água fria faz meu corpo quente relaxar um pouco. Enquanto tomo banho, pensamentos de angústia e medo penetram forte na minha mente, mas tento me controlar. Eu tinha o dia inteiro e o futuro para solucionar as pendências. Ciente disso, permaneço no processo de limpeza mais tranquilo. Ao terminar esta etapa, volto ao meu quarto e visto uma roupa limpa. Depois, dirijo-me a cozinha de modo a me reunir com meus familiares.

Sou bem recebido e sirvo-me com os petiscos disponíveis. Graças ao meu esforço e meu trabalho, aquela família estava em boas condições financeiras e familiares. Eu tinha simplesmente mudado a vida de todos. Agora faltava eu transformar o mundo e não duvidava que em breve isto acontecesse. Enquanto como, penso em mim mesmo, em meus amigos e na aventura em si. Já fazia um bom tempo que não os via. Como eles estariam? Eu não tinha ideia do que acontecera com eles nesse tempo de afastamento que já se alongava. Interiormente, tomo uma decisão e termino de tomar o café.

Ao terminar, aviso que sairei e para donde vou. Não esqueço de telefonar para meu chefe pedindo uma licença rápida. Compreensivo, ele me libera. Ele era uma das poucas pessoas que sempre me incentivava a continuar buscando meus ideais. Sinto-me agradecido e pronto para uma nova aventura.

Através de passos rápidos, saio de casa e começo a subir a trilha que se destina a serra do Ororubá. A cada subida nesse lugar sagrado era uma nova emoção a ser vivida. Abençoada por Deus, para mim e para todos aqueles lugares eram sagrados. Em seu topo majestoso, abrigava a gruta do desespero, o lugar mais encantador e perigoso do mundo. Anos atrás, eu fora o único homem a provar do seu fogo e sobreviver. Isto marcara minha carreira fortemente.

Já estou no sopé daquela velha conhecida. Um vento nordeste bate amenizando o calor e o sol daquela manhã bendita. Quem sou eu neste exato momento? Um jovem com trinta e dois anos, feliz, realizado e convicto do que queria na vida. Tudo o que eu vivera servira como experiência para que agora eu pudesse decidir qual caminho seguir. Decidido, resolvo continuar na minha busca.

A caminha continua. Devido a minha rapidez, logo concluo um terço do percurso total. As vozes tentam atuar querendo me desestabilizar, mas estou preparado. A experiência na gruta me tornou forte e invulnerável a ação delas. Enfrentando os obstáculos naturais de um terreno íngreme, sinto-me um vencedor a cada passo dado. O céu não era um limite.

Seguindo, chego pouco depois a metade do percurso. Paro um pouco e visualizo ao fundo o povoado que moro. Eu o amo muito. Foi ali que cresci e me entendi como gente. Meu pequeno e adorado Mimoso! Pequeno em sua natureza, mas grande pela inteligência das pessoas que residiam em nele. Foi também ali que vivi minha primeira aventura com meu querido amigo Renato. O nome do livro produzido é "Forças opostas".

Esta carreira de escritor é realmente surpreendente. Após esta primeira etapa, vieram mais seis e atualmente estou na oitava. Nada está definido, mas me sinto feliz em fazer parte desta história tão importante para a literatura mundial. Tudo isto me dá forças para eu continuar encantando e transformando vidas. É neste ritmo que completo os três quartos do percurso.

Ao aproximar-me do objetivo, o topo, observamos a mente todos meus esforços e aprendizados. Cada um dos meus mestres tivera um papel fundamental na construção dos meus valores. Eu era grato por isso e planejava permanecer nesta linha de evolução. Isto enriquecia a história de uma forma em geral. Confiante, sigo sem pensar em mais nada. Pouco depois, atinjo o ponto máximo do topo.

A residência da guardiã ficava próximo dali e a esta hora deviam estar ainda em casa. A ansiedade tomava conta de mim ao pensar num possível reencontro com minha primeira mentora. Como ela estaria depois de um tempo de separação? E como seria recebido? As expectativas eram as melhores possíveis devido as últimas experiências. Das outras vezes, em nenhum momento, fui abandonado ou rejeitado.

O momento atual refletia exatamente meu estado de espírito: irrequieto e duvidoso, mas confiante num bom futuro. Só de estar ali já era um grande feito para a minha vida profissional, social e pessoal. Certamente boas coisas viriam ao meu encontro por merecimento devido às minhas obras. Elas justificavam a felicidade que eu sentia estar vivo e fazer parte do universo. Este sentimento de bem-estar era a peça chave para que eu lograsse êxito.

Munido neste sentido, avanço entre as trilhas da serra e já me aproximo mais do objetivo. Ao visualizar o pequeno casebre, escuto um barulho e as perspectivas ficam mais fortes. Eu adorava o ar campestre, a natureza e esta vontade comungava com a dos meus colegas. Encontrá-los em instantes seria uma dádiva divina.

Avanço um pouco mais e já estou em frente do destino. O ar congela, um frio percorre a espinha, as mãos e as pernas tremem e tenho dificuldades para respirar. O que significava tudo aquilo? Eu me sentia como um menino diante dum brinquedo novo. Independentemente do que acontecesse, eu estava disposto a tentar novamente embora as consequências pudessem ser desastrosas. Bem, estava na hora de agir.

Convicto do que queria, dobro minha camisa de manga longa e o frio parece aumentar. Dou os últimos retoques invisíveis no meu aspecto físico e finalmente sigo em frente. Passo a passo, vou me aproximando sem medo daquela que já considerava minha casa apesar da simplicidade. Para mim, ser simples é tudo de bom. Logo depois, estou diante do obstáculo mais esperado: A porta. Sem pestanejar, bato seguidamente quatro vezes até que escuto um barulho de passos se aproximando. Então resolvo esperar com paciência. Os pequenos instantes que separam o meu sonho de sua realização parecem uma eternidade.

Ao abrir da porta, estou diante da grande senhora que me acompanhou desde a primeira aventura. Ela sorri e a emoção toma conta de nós dois. A primeira coisa é correr um ao encontro do outro. Abraçamos e ficamos um observando o outro. Quanto tempo passou e ela parece que não envelhecia. Sem nos conter, um diálogo é iniciado entre nós.

"Oi, tudo bom? Como vai à senhora?

"Bem. Como anda o pequeno sonhador da gruta?

"Estou levando a vida com fé. Encontro-me aqui com o objetivo de iniciar mais uma aventura. Estou ávido pelo conhecimento.

"Isto é bom. Mostra sua capacidade de enfrentar as coisas. Não é por acaso que eu o escolhi como meu discípulo especial. Avante, pois!

"Onde está Renato?

"Está tomando o café-da-manhã. Entre, por favor.

"Obrigado.

O convite da guardiã me soou como uma ordem e era tudo o que eu queria. Entramos na morada deles e alguns instantes depois me reúno com ela e o filho adotivo na pequena mesa improvisada. No momento, a alegria é geral.

"Que bom que está aqui, meu amado senhor. Coincidentemente, estava pensando sobre nós e nossa turma. (Renato)

"Eu também. A última aventura foi simplesmente fenomenal. (O vidente)

"Fico feliz em vê-los tão unidos. (Guardiã)

"Foi ideia sua. Graças a isso, somos a dupla dinâmica da minha série principal. (o filho de Deus)

"Mas o mérito é todo vosso. (Guardiã)

"Concordo com minha mãe. Nossas atitudes são o que constrói nossa reputação. (Renato)

"Certo. A minha vinda aqui tem como motivo meu tédio. Penso que já está na hora de darmos prosseguimento às nossas aventuras. (Divinha)

"Eu também acho, grande sonhador. Precisamos de nossos amigos anjos para nos dar um direcionamento. Mas não tenho ideia de como começar. (Renato)

"Também não. (Divinha)

"Por que não fazem uma sessão de invocação? (Sugeriu a guardiã)

"Ótimo! Eu conheço. Fizemos na nossa primeira aventura e deu certo. (Aldivan)

"Na batalha final. Li o seu livro. (Guardiã)

"Exatamente. (O vidente)

"Então está decidido. Tentaremos a sorte fazendo uma invocação. (Disse Renato esperto e decidido)

"Está bem. (O filho de Deus)

Prontos para agir nossa turma sai um pouco da tapera e reúne-se imediatamente do lado de fora em busca de seu objetivo. Eles tinham pressa de solucionar as pendências.

A invocação

Eles fazem um círculo, sentam em posição de meditação começando a recitar orações misteriosas. Á medida que intensificam seu fervor, vão entrando numa espécie de transe. O momento é o mais apropriado para absorver a emanação das vibrações positivas enviadas mentalmente por todos aqueles que torciam pelo sucesso da equipe. Esta força efetiva ajuda gradativamente a eles superar etapas. Passam do conhecimento, relaxamento até o êxtase total quando o nome dos companheiros anjos é invocado. Prontamente, são atendidos com os arcanjos vindo do céu numa nuvem de fogo. Ao se aproximarem mais, a glória dos anjos ilumina todo o ambiente fazendo-os despertar. Chegando em terra firme, correm e encontram-se num abraço caloroso e amigo. Como era bom estar reunidos novamente em mais uma aventura promissora? Uma conversação é iniciada entre eles.

"Como andam meus arcanjos preferidos? (o vidente)

"Na paz de Deus e você? (Rafael Potester)

"Protegendo-lhe e você? (Uriel Ikiriri)

"Lutando pelos meus sonhos. (O vidente)

"Precisamos do apoio vosso mais uma vez. Queremos uma orientação sobre como proceder daqui por diante. Nossa meta é vivenciar uma nova jornada. (Esclareceu Renato)

"Ótimo. Estamos aqui enviados pelo pai para apoiá-los. (Uriel)

"Tenho um plano específico para isso. Foi uma boa escolha ter nos chamado. Fico feliz. (Rafael)

"Do que se trata? (O filho de Deus)

"Preciso da sua confiança para mostrar-lhes algo realmente surpreendente. Exijo, pois, discrição, fé, garra, perseverança e mente aberta. Posso garantir ser algo bom que transformará suas concepções. (Rafael)

"Eu confio. (O pequeno sonhador da gruta)

"Eu também. (Renato)

"Então entremos na casa e façam suas malas. Uma viagem é necessária. (Rafael)

"Certo. (Os outros concomitantemente)

Obedecendo à ordem do anjo superior, nossos amigos direcionam-se para a entrada do barraco. A cada passo dado, ficavam mais próximo do objetivo atual e de seus sonhos. Neste instante, um misto de ansiedade, medo e angústia percorrem o subconsciente deles apesar da larga experiência em desafios. O que os esperava? A única certeza que tinham era que estavam dispostos a enfrentar os obstáculos postos no caminho. Nada mudara desde então permanecendo com o espírito guerreiro de sempre. Estavam de parabéns pela atitude que traria provavelmente bons resultados.

Focados, eles avançam mais já se aproximando da pequena porta. Por estar entreaberta, eles entram direto no vão único. Reencontram a guardiã e ela cumprimenta os amigos alados. Ajudados por ela, começam a preparar a bagagem.

A viagem

A mala da dupla dinâmica da série "O vidente" é composta de roupa, produtos de higiene pessoal, livros, artefatos religiosos, rádio de pilha, um diário de anotações entre outros objetos. Com tudo pronto, eles despedem-se da sua mentora e saem novamente da casa. Já fora, começam a caminhar um pouco até que em dado momento os arcanjos pegam os humanos no colo e empreendem voo.

Inicia-se um passeio sensacional numa altura considerável. Rasgando as nuvens, nada mais parecia importar nem mesmo a preocupação atual. Eles desenvolvem uma rápida velocidade e em alguns instantes atravessam o continente e sobrevoam o oceano. Apesar da distância, podem observar a grandeza dessa obra natural pela primeira vez. A sensação de encantamento e medo é muito forte, mas reconfortante. Quase não tem tempo para pensar, pois logo eles atingem à terra firme avançando no continente europeu e depois no asiático. Ao chegar num mosteiro do leste da índia, eles descem para o chão. A viagem fora completada.

O grupo encontra-se numa área realmente linda. No sopé de uma serra, encontrava-se um belo mosteiro rodeado por vegetação por todos os lados. Seguindo a indicação do chefe deles, eles se aproximam mais da entrada. De encontro aos mesmos, vem um homem com trajes típicos das religiões orientais. Ao ficarem frente a frente, Rafael faz as apresentações.

"Este é Agastya, um monge que conheço e será primordial neste caminho. Agastya, estes são meus amigos humanos Aldivan e Renato. Somos parte da série literária "O vidente".

"Prazer. (Agastya falou em português num sotaque arrastado)

"Prazer também. (O filho de Deus)

"Bem-vindo aos nossos amigos. (Renato)

"Obrigado. (Agastya)

"Nosso monge aqui é um extremo conhecedor da vida. Conviver com ele será uma dádiva para nossas almas. (Uriel)

"Estou esperando o convite oficial para fazer parte do sonho de vocês. (Agastya)

"Não seja por isso. Agastya, quer fazer parte de nossa série e de nossas vidas? (Aldivan)

"Aceito. Entremos em minha casa. Devem estar cansados. (Agastya)

"Exatamente. (Divinha)

"Muito obrigado. (Renato)

"Vamos. (Rafael)

A equipe fantástica lançou-se para dentro do edifício de dois andares. O anfitrião instalou-os num dos melhores quartos. Recomendavelmente, foram descansar após uma longa e exaustiva viagem.

Primeiras impressões

O tempo do descanso foi aproveitado o melhor possível por nossos colegas de aventura. Entre sonhos e relaxamento. Esperavam o melhor da etapa atual. Ao acordar, descem dos aposentos, almoçam e após e vão reunir-se na sala principal com seu mais novo amigo. Como cortesia, o anfitrião vai à cozinha preparar um chá com bolachas para o lanche da tarde. Este intervalo é fundamental para uma reflexão e análise das probabilidades.

Ao voltar, encontram nossos colegas mais dispostos, tranquilos e felizes. É servido a refeição e enquanto comem começam a conversar livremente com o objetivo de conhecerem-se melhor.

"Bem, falemos um pouco sobre nós mesmos. Meu nome é Agastya karaf filho de um alemão e uma hindu. Fui criado nos moldes da educação oriental e interessei-me desde cedo por nossa cultura. Aprendi um pouco de tudo e amo minha casa. Minha meta atual é repassar um pouco deste conhecimento para os jovens.

"Que bom! Meu nome é Aldivan Teixeira Torres também conhecido como Divinha, Filho de Deus, pequeno sonhador ou Divinha. Sou um jovem residente na província de Pernambuco (interior do Brasil), funcionário público e escritor. Através da literatura, divulgarei a cultura do meu país. O objetivo final é conquistar o mundo. Espero ter sucesso.

"Chamo-me Renato Silva e sou um jovem conterrâneo do Divinha. Estou fazendo faculdade e tenho muitos sonhos a realizar. Também sou seu parceiro principal em sua série literária maravilhosa. Através deste trabalho pude conhecer e vivenciar muitas coisas. Estou satisfeito e em busca de algo a mais.

"Sou Rafael Potester, um dos poderosos Arcanjos. Sou um enviado divino para auxiliar estes jovens sonhadores. Aproveito para conhecer mais da cultura humana.

"Sou Uriel Ikiriri, anjo da guarda do filho de Deus. Tenho mesmo foco do meu irmão com a diferença que dou atenção a meu mestre. Sem ele, não vivo.

"Muito bem! Saibam que estou muito feliz de ter a oportunidade da convivência com vós. Foi Deus que nos uniu. Comecemos o desafio. (Agastya)

"Certo. (Divinha)

Primeiros ensinamentos

O Mestre levantou-se. Ajeitou a gola da camisa, respirou fundo e iniciou um processo de ensino-aprendizagem entre eles.

"Apesar das diferenças raciais, de opinião e religiosas somos todos filhos do mesmo pai criador. Esta igualdade nem sempre é respeitada gerando distorções desumanas. Como vocês veem isso?

"Concordo. Em meu país, vemos uma crescente discriminação contra as minorias. Negros, mulheres e homossexuais são os grupos mais afetados. É preciso uma tomada de consciência embora eu pense que isto nunca acabará. (O vidente)

"Enquanto houver maldade no mundo o pai criador não restabelecerá o contato perdido com a humanidade. Isto é fato. A condição de igualdade entre os seres só existe no reino de Deus. (Rafael)

"Existe uma coisa chamada hierarquia, mas ela não anula a igualdade. Isto se chama equidade. Por exemplo, não me sinto superior que meu protegido apesar de ser um arcanjo. (Uriel)

"Legal. Também sou humilde e entendo a todos. Igualdade é uma meta distante a ser alcançada. (Renato)

"Para mim e meu pai não importa as especificidades. Todos têm uma oportunidade no reino divino onde os bons vão reinar. Lá, é um lugar de paz, recolhimento, fé e trabalho para o desenvolvimento dos mundos. (Aldivan).

"Creio num Deus invisível e único. E vocês? (Agastya)

"No meu conceito, Deus é um todo, a reunião das forças do bem. Ela se manifesta nos mundos material, imaterial, visível e invisível. Cada um de nós tem um pouco dele. Estar em comunhão com o bem é algo que nem todos conseguem alcançar. (Aldivan)

"Deus é mistério e sempre será. Apesar de ser um arcanjo, não o conheço completamente. Apenas percebemos suas manifestações. (Rafael)

"Podemos conceituar como o bem que age em todo o universo. Independentemente de ser um ou vários, é o único que nos ama de verdade. Como ensinou Jesus, eu nunca vos abandonarei. (Uriel)

"Deus é a coisa mais importante da minha vida, pois me salvou dum pai opressor e me fez conhecer meu grande amigo Divinha. Javé é tudo de bom. (Renato)

"Concluindo, em Deus sempre podemos esperar. E qual a importância da família para vocês? (Agastya)

"Minha família para mim, é tudo. Apesar de algumas divergências, eles sempre estão ao meu lado em todos os momentos. Ainda não conheço amizade igual. (Pequeno sonhador)

"Perdi minha família cedo e tenho outra visão porque encontrei na guardiã da montanha um carinho que nunca tive do meu pai biológico. Então acredito que família não é somente ter o mesmo sangue, é questão de afinidade. (Renato)

"Não temos família como os humanos. Deus nos criou como espíritos guardiões e nos concentramos nesse fim. (Informou Rafael)

"Se eu tivesse que escolher alguém para ser parte da minha família, escolheria meu amo, Aldivan Teixeira Torres. (Uriel)

"Obrigado. Também te amo muito. (Aldivan)

"Aprendi com meus pais os bons valores e através deles pude garantir minha liberdade. Hoje, se sou o que sou, devo tudo a eles. Porém, tem raras pessoas que conseguem despertar uma amizade verdadeira como é o caso de nosso companheiro Renato. Agora, pergunto, qual é a importância da educação na vida de vocês? (Agastya)

"A educação para mim, é tudo. Através dela, pude conseguir meu trabalho e desenvolver, meu dom literário. Transformei minha vida e de toda minha família. Portanto, vale muito a pena estudar. (Depôs Divinha)

"Eu ainda estou no caminho, mas realmente vale muito a pena. (Renato)

"Educar é essencial para qualquer sociedade. (Rafael)

"Educar-se é conhecer-se e respeitar os limites do outro. (Uriel)

"Educação para mim, é um processo amplo em que devem participar diretamente a família e a sociedade. O objetivo é formar cidadãos de bem. Bem, encerremos por hora nossas atividades. Amanhã iniciam-se os desafios. Tudo bem? (Agastya)

"Por mim tudo bem. E vocês? (O vidente)

"Sim. (os outros)

Terminada a reunião, eles foram engajar-se em atividades distribuídas pelo mestre. O objetivo é manterem-se ocupados. Mais tarde, jantam, conversam um pouco mais e vão dormir. Ainda havia muito a descobrir sobre a vida e aproveitar dos ensinamentos daquele honorável homem.

A generosidade

Um novo dia amanhece e com ele inicia-se uma nova etapa para os nossos companheiros de aventura. Logo cedo, eles levantam de suas camas e dirigem-se a cozinha onde iriam reunir-se junto ao anfitrião. Eles estavam hospedados no primeiro andar e o obstáculo que enfrentarem o destino é descer as escadas. Degrau a degrau, eles sentem-se com energias renovadas e com esperança. Só o fato de estarem ali revelava o espírito guerreiro deles. Absolutamente nada seria impossível para o vidente e sua turma. Conscientes disso, eles permanecem na descida mais confiantes. Concluída esta etapa, eles dão mais alguns passos até chegar no ambiente de refeição. Lá, São Gentilmente servidos pelo anfitrião e aproveitam este intervalo de tempo para conhecerem-se melhor. O momento é o melhor para conversar e distrair-se.

Ao final desta etapa, combinam de iniciar o treinamento e segundo informações do mestre seria realizado na mata durante um bom tempo. Com tudo acertado, eles saem juntos. O início desta nova trajetória traz boas lembranças para os nossos amados amigos. Já tinham uma considerável história estando exatamente no oitavo desafio da série. As etapas anteriores foram cumpridas uma a uma e deixaram um rastro de saudade e uma bagagem de conhecimento incrível. Como estariam a guardiã, o hindu, a jovem, a sacerdotisa, Phillipe, Clodoaldo, Angel, Vítor e tantos outros que marcaram a história no coração dos leitores? Onde quer que estivessem estariam torcendo pelo sucesso daquela turma realmente incrível e encantadora? Era preciso continuar no caminho.

Enfrentando os perigos naturais da mata a exemplo dos espinhos, pedras e ervas venenosas eles avançam lentamente na trilha escolhida. Enquanto caminham, aproveitam para conversar um pouco mais. Os cinco mosqueteiros eram realmente especiais: O vidente, um jovem cheio de sonhos e ainda buscando um amor era um homem bacana, educado, respeitador, gentil, compreensivo, amoroso e um homem de muita fé em Deus; Renato era um quase adolescente-jovem amargurado pela vida, mas também um vencedor em seus ideais. Todo seu passado ficara para trás graças a guardiã da montanha e a seu amado companheiro de aventuras Divinha; Rafael mostrava-se humilde e paciente apesar de ser um dos sete espíritos de Deus. Sem ele, nada seria possível devido à inveja das trevas; Uriel era um doce de anjo cuja preocupação principal era o filho de Deus. Ele fora criado especialmente para guardá-lo por toda a eternidade; Agastya era um grande sábio que entrara na vida de todos no momento certo. A partir de agora, ele viveria grandes emoções ao lado dos seus aprendizes e quem sabe não curaria todas as dores passadas. Juntos, eles mostravam ser um grupo peculiar e imbatível. Estavam, pois, de parabéns.

Com um esforço a mais, eles já concluem um terço do trajeto e eles propõem-se a apressar o ritmo. Não queriam perder tempo, pois o ardente conhecimento os esperava. Mesmo diante da incerteza, do medo, da indiferença, da tristeza e da saudade a melhor escolha seria seguir como fizeram das outras vezes. Quem não arrisca não petisca?

Certos disso, eles permanecem andando. Logo em seguida, estão na metade do caminho. O fato os deixa feliz e ansiosos. O que os esperava? Que desafios teriam que enfrentar? O desconhecido seria realmente fatal e perigoso? Como agir? Mesmo com toda experiência que tinham, era preciso respeitar a história de cada um. Aprenderam a duros custos o respeito ao inimigo independentemente da posição em que estavam. Nada neste mundo é definitivo.

Numa movimentação constante, eles aproveitam para conhecer um pouco da paisagem oriental. Na parte em que estavam predomina um misto de floresta tropical com algumas plantas do deserto. O cenário de serras e vegetação exuberante é realmente de tirar o fôlego. Pena não poderem aproveitar o bastante, pois o foco era o desafio. Pensando nisso, avançam mais e em alguns instantes já alcançam a cabana onde ficariam instalados. Estão no centro duma grande clareira de onde tinham acesso às serras e à floresta oriental. Ficariam por um tempo indeterminado ali até acharem o fio da história que daria prosseguimento à série.

Após acomodarem-se, eles saem em busca do primeiro teste. Na trilha estreita, o mestre passa as últimas recomendações em relação a uma pequena subida duma encosta íngreme. Pelo fato do chão ser escorregadio, ali era considerado um dos lugares mais perigosos do mundo onde uma queda seria praticamente fatal. Assim eles seguem com bastante cuidado. Na curva mais perigosa, propositadamente, Agastya coloca-se por trás deles e de leve dá o toque no sonhador da gruta. Imediatamente, o grande homem de Mimoso desliza na encosta e cai no abismo. Todos têm um grande susto. E agora o que fazer?

Não podia ser. Ele era muito jovem, bonito, cheio de vida e de histórias para contar. O que faria o mundo sem o verdadeiro filho de Deus? Certamente ficaria em trevas e sem esperança para sempre. Renato não se conforma e como reação verifica a encosta imediatamente. O que ele vê lhe dá aflição e desespero? O que teria acontecido?

Num impulso, o pequeno jovem estica a mão e agarra uma outra. Era a do seu melhor amigo que por um milagre agarra-se a um arbusto o qual estava sustentando seu peso. Porém, teria que agir rápido para evitar uma tragédia. Grita e então os dois são socorridos pelos arcanjos poderosos. Os dois são retirados dali e colocados a salvo.

Mais tranquilos, eles se refazem do susto e então uma conversa é iniciada.

"Por que você me traiu? Agastya, pensei que fosse meu amigo. (O vidente)

"Eu não te traí. Fiz no intuito do aprendizado de uma lição. Sabe quem plantou aquele arbusto que te sustentou? Fui eu. Este fato aumentou mais seu entrosamento com seu melhor amigo. Ele te deu uma prova de amor incontestável ao arriscar a própria vida pela sua. Você não acha? (Agastya karaf)

"Verdade. Não havia pensado por esse lado. Eu vos agradeço. Renato, eu te amo. (O filho de Deus)

"Eu também. Faria tudo outra vez só para te ver bem e não te perder. (Renato)

"Estava tudo combinado entre nós. Não havia perigo algum para sua vida. Se tudo desse errado, havia ainda anjos invisíveis a sustentá-lo. (Uriel)

"Como está escrito: Eis que o senhor enviará seus anjos para que não tropeces em nenhuma pedra. (Rafael)

"Vocês são demais. Surpreendem-me a cada momento. Não é à toa que Deus os escolheu para me acompanhar nesta nova aventura. (Divinha)

"O mentor de tudo isso é você. Tem todo o mérito. Queremos também conhecê-lo e penso que agora é uma ótima oportunidade. (Agastya)

"Certo. Á vontade. (Aldivan)

"Muito bem. Mudemos nossa trajetória. Quero mostrar-lhes algo. (Agastya)

Todos concordam e reiniciam a caminhada seguindo o mestre. Para aonde iriam e que mais surpresas os aguardavam? O oitavo livro da série estava começando a ganhar emoções inesperadas. Continuem acompanhando, leitores.

O que é o reino de Deus

Eles deslocam-se ligeiramente para o sul onde passa o rio da região. São apenas alguns metros para que eles o atinjam. Ao chegar junto às margens, o mestre acocora-se e bebe um pouco de água. Os discípulos fazem o mesmo. Com os olhos marejados de lágrimas, ele brada:

"Aqui é um local de descanso e tranquilidade para mim. Fui tão e sou sofrido na vida que vocês nem imaginam. Ao conhecer o filho de Deus, minha esperança num mundo melhor renasceu. Mas não falo desta realidade física que estamos vivendo. Falo do que está além dos nossos olhos. O que me diz sobre isso pequeno sonhador?

"Eu o conheço e o compreendo como nunca. Vim para aprender, mas sinto o desespero bater forte no seu coração e é minha obrigação falar em nome do meu pai. Estou aberto para abraçá-lo e apoiá-lo quando necessitar. O meu reino não é deste mundo. Enquanto na terra sou pequeno, lá sou gigante e posso realizar o impossível. O meu mundo é um lugar de paz, fraternidade, igualdade, recolhimento, proteção e amor. As únicas exigências é que tenham fé, respeito e amor ao meu nome. Vim à terra em busca das ovelhas perdidas porque os sadios não precisam de médico. Eu não quero perder ninguém, mas nem todos estão preparados para aceitar o bem em suas vidas se é que você me entende. (Aldivan).

"Verdade. Gostaria de fazer parte do seu reino. (Agastya)

"Estarei de braços abertos para recebê-lo. (Prometeu o vidente)

"Eu também quero. Não vá esquecer os amigos quando chegar em seu reino. (Renato)

"Eu nunca esqueço dos amigos. Meu coração e minha alma sempre estarão com vocês. (Prometeu o filho de Deus)

"Amém. (Renato)

"Este é o nosso filho de Deus. Um ser maravilhoso disposto a conquistar o mundo. Toda honra e mérito são deles. (Rafael)

"Amo ele de paixão. Não é à toa que fomos criados juntos no início dos tempos. (Uriel)

"Bons e amados servos, se não fosse por vocês eu nem estaria aqui. Fico feliz em ter um lugar cativo junto a vocês. Continuaremos no caminho e realizaremos todos os nossos sonhos, pois assim eu quero.

"Amém. (Os outros)

"Voltemos para casa. (Agastya Karaf)

Todos tratam de obedecer ao mestre e começam a fazer o caminho de volta. A caminhada é realizada de forma e tranquila e prazeroso após um dia cheio de novidades. Era apenas o começo de uma grande trajetória a cumprir até a revelação final. O que os esperava daqui para frente? Certamente mais conflitos e emoções surpreendentes que o leitor não pode perder.

O momento era de paz e de recolhimento para um grupo que se esforçara bastante para entender um pouco do mundo e a si mesmos. Dois aprendizados já passaram e estavam de encontro aos próximos que prometiam complementar essa informação. Tudo estava ocorrendo no previsto. Embora a saudade da família fosse imensa eles continuariam ali até o desfecho final da aventura. Com esta decisão, eles cumprem o trajeto aproximadamente no prazo da ida. Teriam bastante tempo para refletir e fazer novos planos em relação ao futuro. Que tivessem sorte!

A imortalidade da alma

Ao chegarem no casebre, a primeira coisa que fizeram foi tomarem um banho e cuidar do almoço, pois a fome era grande após a aventura na mata. Todos cooperam na preparação do alimento típico do país que é composto de batata, tofu, salsichas e saladas de vegetais. A mesa posta fica linda e nossos amigos servem-se imediatamente já se sentindo em casa. Desde o começo da refeição, o silêncio impera apenas quebrado por alguns pedidos e conversas soltas. O ambiente é ótimo para relaxar, aumentar o entrosamento da equipe e descansar. Eles aproveitam bastante porque o futuro ainda era incerto.

Ao término do almoço, eles reúnem-se no vão único do local de modo a trocar algumas ideias. Tudo é muito simples e desconfortável com nossos amigos sentando no chão batido e duro. Porém, era necessário, pois fazia parte do treinamento. O mestre inicia a conversa:

"O que entendem por alma? (Agastya)

"É a essência do ser humano. (Renato)

"Alma é a parte espiritual do homem. (Rafael)

"A alma é a coisa mais importante a ser preservada. (Uriel)

"A alma é nossa mentalidade, o nosso coração. Meu pai nos fez assim para que tivéssemos a vida em abundância. Nossas ações na terra é o que definirá o destino da alma. (Divinha)

"Minha definição é a seguinte: A alma é imortal e após a vida da terra temos acesso a planos superiores onde receberemos o justo. Lá, teremos vida plena além do sentido espaço-tempo se formos merecedores. Céu e inferno não são lugares especificamente, mas sim graus de consciência e de evolução de cada um. (Ensinou Agastya).

"Concordo. Eis que sou a seta que mostra o caminho dos céus e se vocês seguirem meus mandamentos terão um lugar garantido no reino do meu pai. Sede bons, generoso, magnânimo, honesto, digno, simples, humilde, caridoso, bom conselheiro, amigo para todas as horas, misericordioso, compreensivo, tolerante, justo, amoroso, carinhoso, educado e paciente. Se assim o fizerem grande será o galardão vosso no céu e serão chamados filhos de meu pai. Contudo, se me negares e não ouvirdes meus conselhos eu vos abandonarei à mercê de seus próprios caprichos e quando "A noite escura os assaltar" cairás sem remédio porque nada podes sem a força do bem. Reflitam enquanto é tempo, pois não se sabe nem o dia, nem a hora do julgamento. (O filho de Deus).

"Quais são seus mandamentos? (Interessou-se Agastya)

"Num total de trinta, foram repassados pelo meu pai em pessoa para que a humanidade progrida. São os seguintes:

1. Amar a Deus sobre todas as coisas, a si mesmo e aos outros.

2. Não ter ídolos terrestres ou celestes, javé é o único digno de adoração.

3. Não pronunciar o santo nome de Deus em vão ou tentá-lo; também não atormentar aqueles que já se foram os invocando.

4. Reservar pelo menos um dia da semana para o descanso, preferencialmente no sábado.

5. Honrar pai, mãe e familiares.

6. Não matar, não ferir o próximo fisicamente ou verbalmente.

7. Não adulterar, não praticar a pedofilia, a zoofilia, o incesto e outras perversões sexuais.

8. Não roubar, não trapacear no jogo ou na vida.

9. Não dê falso testemunho, calúnia, difamação, não minta.

10. Não cobice ou inveje os bens do próximo. Trabalhe para alcançar seus próprios objetivos.

11. Seja simples e humilde.

12. Pratique a honradez, a dignidade e a lealdade.

13. Nas relações familiares, sociais e de trabalho seja sempre responsável, eficiente e assíduo.

14. Evite esportes violentos e o vício no jogo.

15. Não consuma nenhum tipo de droga:

16. Não aproveite de sua posição para derramar sua frustração no outro. Respeite o subordinado e o superior em suas relações.

17. Não tenha preconceito com ninguém, aceite o diferente e seja mais tolerante.

18. Não julgue e não será julgado.

19. Não seja fuxiqueiro e dê mais valor a uma amizade, pois se age assim as pessoas vão afastar-se de você.

20. Não deseje o mal do próximo nem queira fazer justiça com as próprias mãos. Existem os órgãos próprios para isso.

21. Não procure o diabo para consultar o futuro ou fazer trabalhos contra o próximo. Lembre-se que para tudo existe um preço.

22. Saiba perdoar, pois, quem não perdoa o próximo não merece o perdão de Deus.

23. Pratique a caridade, pois ela redime os pecados.

24. Ajude ou conforte os doentes e desesperados.

25. Reze diariamente por você, sua família e pelos outros.

26. Permaneça com fé e esperança em Javé independente da situação.

27. Divida seu tempo entre trabalho, lazer e família proporcionalmente.

28. Trabalhe para ser merecedor do sucesso e felicidade.

29. Não queira ser um Deus extrapolando seus limites.

30. Pratique sempre a justiça e a misericórdia.

"Anotado. Prometo tentar segui-los até o fim dos meus dias. (Agastya)

"Que bom meu amigo. Fico feliz por ti e por todos aqueles que tomarem essa decisão importante. (Divinha)

"Conheço esses mandamentos desde sempre. Estou indo bem, Divinha? (Renato)

"Claro. Você é uma ótima pessoa. (Aldivan)

"Obrigado. (Renato)

"A conversa está ótima. Continuemos. (Rafael)

"Estou adorando também. (Uriel)

"Certo. (Agastya)

O poder da oração

"Qual é a melhor forma de comunicar-se com o mundo espiritual? (Renato)

"Há diversas formas de isso ocorrer. As principais são através da oração e da mediunidade. A oração é a força do povo de Deus. Quais são as preferidas de vocês? (Agastya)

"Tenho as minhas orações particulares que são muito eficazes no combate ao mal. Quero partilhá-las com vocês: oração da proteção: senhor Javé, eu peço sua proteção por inteiro. Proteja-me nos caminhos, nas viagens, de assaltos. Proteja-me dos inimigos e que meu sangue não seja derramado. Proteja-me dos espíritos malignos, dos trabalhos espirituais, da magia negra, das cobras espirituais e carnais, que as portas do inferno não se aproximem, não me persigam e não prevaleçam na minha vida. Enfim, pelo teu sangue e tua cruz, proteja-me de todo e qualquer mal. Oração á Miguel Arcanjo: Arcanjo Miguel, com tua espada e tua luz, proteja-me à direita, à esquerda, em cima, em baixo e em toda parte. Que o inimigo não consiga aproximar-se de mim! Amém. (Divinha)

"Oro assim: forças do bem presente no ar, nas matas, nas religiões ou qualquer crença, eu vos peço auxílio e conforto nos momentos mais perigosos e difíceis. Peço sempre disposição para enfrentar os problemas e permanecer com esperança. Que eu saiba ser grato por cada momento vivido e que o destino me leve para a felicidade que sei ser merecedor! Amém. (Renato)

"Bendito espírito criador eu vos peço a coragem e garra para proteger vossos fiéis nos momentos mais propícios. Que minha luz e minha arma nunca falhem na defesa do teu direito e que teu reino permaneça para sempre! Amém. (Rafael)

"Espírito divino, eu peço discernimento e poder para acompanhar teu filho em sua caminhada na terra. Que o mal por mais que seja numeroso não me derrote nos meus intentos! Amém. (Uriel)

"Deus único, abençoa meus trabalhos e meus sonhos de modo que se realizem em seu tempo. Não permitais que eu caia no abismo do desespero definitivamente para que eu não renegue teu nome. Enfim, dê-me mais fé. Amém. (Agastya)

"Que oração devemos fazer para entrarmos em seu reino, Divinha? (Renato)

"Não é bem assim. O que exijo é o cumprimento dos trinta mandamentos já citados que foram dados pelo meu pai? Mas se querem uma oração eu vos darei. Vocês devem rezar assim: eterna força do bem, geradora de Jesus e de Divinha, eu vos peço a compreensão necessária para aceitar os mistérios divinos e entender o que Deus requer de minha vida em particular. Pelo exemplo do pequeno sonhador da gruta, eu solicito seu socorro nas minhas tenebrosas noites escuras da alma, no meu desespero, no Combate ao inimigo, na busca por sabedoria e pela luz dos teus filhos. Que o pequeno menino do sertão nordestino possa me abençoar com sua mentalidade boa, otimista e perseverante. Que através dele eu possa conseguir tudo mesmo que pareça impossível aos olhos humanos! Que minha família toda seja protegida e abençoada, no meu trabalho, nos meus sonhos, nas minhas intenções e nas minhas boas ações. Que assim como ele prometeu, que eu consiga entrar no vosso reino ao cumprir os seus trinta mandamentos sagrados. Enfim, pela intercessão dele eu vos peço também o amor e a felicidade eternas. Amém. (O filho de Deus)

"Fiquei emocionado agora. A mais bela oração que ouvi. Já anotei mentalmente. (Renato)

"Obrigado. Lembre-se, porém de que a fé maior de nada adianta sem obras. (O vidente)

"Assim seja. (Rafael)

"Este foi um ótimo exercício o qual nos mostrou a importância da comunicação entre a criatura e as forças celestes. Através desta magia branca, podemos crer realmente num milagre. (Agastya)

"Milagres acontecem diariamente e nem percebemos: O nascer do sol, o grito do nascimento de um bebê, um passeio, uma cura, um bom conselho, uma reconciliação, o perdão, a fé, uma mudança de ponto de vista e uma promessa sincera são alguns exemplos disso. (Aldivan)

"Em tudo isso está a mão divina sempre presente. Que bom que temos um pai verdadeiro. (Uriel)

"Verdade, amigo. Bem, as ocupações me chamam. Querem me ajudar? (Agastya karaf)

"Claro. Vocês vêm também, pessoal? (O vidente)

"Sim. (Os outros)

"Obrigado. O treinamento continuará amanhã. Ainda temos um longo caminho pela frente. (Agastya)

"Amém. (Os outros)

Eles levantam do chão e ao comando do mestre vão procurar lenha e alimentos na mata. Enquanto isso, o anfitrião cuidava da limpeza do casebre. No período em que estão afastados, o monge buscava planejar os próximos passos que daria junto a seus aprendizes. Como driblar as dificuldades naturais do ambiente e ainda atingir resultados concretos? Estaria seus ensinamentos à altura de um espírito evoluído como o grande homem da gruta? De que forma superar sua própria frustração e ainda ser um exemplo para eles? As possibilidades eram imensas e o desafio era gigantesco. Pensando um pouco, decide continuar o caminho da maneira que estava tratando até agora: simples, humano e sem medos. Acreditava que tudo era uma descoberta para pessoas tão jovens quanto eles.

Agastya Karaf era a pessoa adequada para ser integrante definitivo da série o vidente. Desde jovem, empenhou-se em estudar as religiões e apesar deste conhecimento não ter lhe ajudado em suas escolhas pelo menos habilitaram-lhe a ser um grande xamã e conselheiro como nenhum outro no mundo. O encontro com a equipe da série literária mais importante do mundo já estava produzindo frutos no interior de sua alma. Sentia-se mais tranquilo, leve e em paz ao saber que este ciclo de ensino-aprendizagem iria mudar por completo a situação do planeta. Desde que as pessoas estivessem livres para uma segunda opinião e era exatamente isto que o livro iria mostrar.

Estava pronto para continuar e sua atitude positiva podia mudar completo a sua própria vida e a dos amigos. Principalmente a do jovem que estava destinado a ser uma das personalidades mais importantes do mundo pela sua bondade, inteligência e caráter. Conhecer Divinha fora o melhor presente que a vida lhe deu.

Na volta de seus comandados da mata, ele começa a preparar o jantar com o auxílio deles. Num clima descontraído, eles testam seus dotes culinários e aumentam o entrosamento entre os mesmos. Mesmo com pouco tempo de convivência, já eram uma grande família unida pelo mesmo objetivo: A conquista do mundo. A intimidade era algo que estava sendo conquistada gradualmente e coroava ainda mais a união deles.

Quando a comida fica pronta, eles sentam em tamboretes ao redor de uma mesa começando a servir-se e a comunicar-se entre si:

"O que estão achando da aventura até agora? (Agastya)

"Estou aprendendo bastante confrontando o que acreditava com seus ensinamentos. Está sendo muito proveitoso. (Renato)

"A nossa aventura chegou a um ponto que não podemos retroceder. Este ponto de convergência é você. (Rafael)

"Relacionar o que vivemos até agora às aventuras passadas, entender este elo e superar os desafios está sendo um grande teste. Tudo tem seu tempo marcado. (Uriel)

"Cada instante que vivemos aqui aponta para um autoconhecimento. Sua presença enriquece nossa série dando-lhe contornos inesperados. Eu agradeço por isso e estamos dispostos a ir até o fim desta história. (O vidente)

"Eu também aprendo muito com vocês. Apesar de ser mais experiente, não me tenham como inatingível ou superior. Eu sou um ser humano com defeitos e qualidades. Queria dizer que é uma honra participar do sonho da turma. (Agastya)

"Obrigado por isso. Tenho certeza que ao seu lado descobriremos muitas histórias. (O filho de Deus)

"Assim seja. Queria conhecê-los um pouco melhor. Contem-me algo marcante de vossas vidas. (Agastya)

"Na minha infância, o que me marcou foram as dificuldades financeiras, a descoberta do meu dom, as brigas familiares e a falta de perspectivas. Na adolescência e juventude, vivi uma noite escura perversa, uma recuperação de confiança, uma mudança de vida, vitórias pessoais e saída-entrada de pessoas na minha vida. Tudo tem um porquê, resta descobri-lo. (Divinha)

"O que se destacou na minha breve vida até agora foram os maus tratos do meu pai, o socorro de um anjo e conhecer a pessoa mais iluminada do planeta. Com ele, já se foram sete aventuras de pura adrenalina e conhecimento. Estou bem feliz. (Renato)

"Ao vir para à terra algumas coisas me surpreenderam: O talento e a doçura de um humano, a fé dos humildes e a providência divina. Tudo o que aconteceu desde o começo mostrou-me que eu estava errado em relação à minha concepção sobre a humanidade. (Rafael)

"Exatamente o que achou diferente? (Interveio Agastya)

"Para mim, foi uma surpresa ter encontrado dignidade e simplicidade num mundo tão cheio de maldade. (Rafael)

"Verdade. O mundo carece de bons corações. (Agastya)

"Para mim marcante foi ter contato com meu amo e senhor. Podemos nos conhecer, nos abraçar e conversar. Isto é algo impagável. (Uriel)

"A recíproca também é verdadeira, servo Uriel. (Vidente)

"Eu sei disso. (Uriel)

"Ótimo. Considero uma dádiva tudo o que está acontecendo aqui entre nós. Espero que essa parceria se estenda por muito tempo. (Agastya)

"Prometo que ficaremos juntos até o final. (Aldivan)

A emoção toma conta dos presentes, eles levantam dos tamboretes, abraçam-se e beijam-se entre si. Sem sombra de dúvidas, eles eram uma equipe inigualável em poder, inteligência, bondade, generosidade e carisma. Haveria um limite para eles? Não, o extremo do cosmo não seria um limite e os leitores podem ter certeza que teriam ainda grande surpresas e informações ao longo da trajetória dos personagens.

Após a confraternização, eles voltam a sentar-se e concentram-se em terminar o jantar. Alguns instantes depois, eles concluem a refeição e vão cuidar de outras obrigações: lavam os pratos, tomam banho, vão ler um livro, escutam música num rádio de pilha, conversam um pouco mais, planeiam para o outro dia e quando se cansam realmente vão dormir. Tentariam dormir no desconforto de um chão seco e duro ainda com preocupações. O que lhes aguardavam nos próximos capítulos? Não percam os próximos atos.

O Carma

Atravessaram a noite e a madrugada com sucesso apesar de algumas turbulências no sono de alguns. Logo cedo, eles levantam e vão cumprir suas obrigações matinais: Tomar um banho, limpar a casa e preparar o café. Segundo o mestre, era necessário atenção em cada uma tarefa por mais simples que fosse. Como diz o ditado, quem é fiel nas pequenas coisas também é nas grandes. Foi assim que com a colaboração de todos, o café-da-manhã fica pronto e eles podem servir-se tranquilamente.

Durante o intervalo de refeição, conversam sobre assuntos gerais e sobre o desafio em si, ficando acertada a saída deles ao fim deste período. O chefe enfatiza o cultivo do otimismo, da perseverança e da garra em todos os momentos. Os discípulos prometem cumprir isso à risca.

Concluída a refeição, eles fazem conforme combinado. Ao sair da cabana, enfrentam um tempo frio, nublado e úmido. Mesmo assim, isso não os desestimula de nenhuma forma. Os fins justiçavam os esforços e os meios.

Eles escolhem outra trilha em sentido leste. Logo no começo da caminhada, o mestre pede parada, abre os braços, concentra-se e discursa:

"Eu estou pronto para começar. Vou abrir-me sem mistérios para vocês. Estão prontos? (Agastya karaf)

"Sim. (Os outros)

"Carma são os princípios que regem os ciclos de vida do ser humano durante as várias encarnações na terra. Somos direcionados para o bem ou mal de acordo com nossas escolhas. Ao acertarmos, evoluímos na questão da escolha e ao errarmos evoluímos ainda mais com a assimilação da experiência. O objetivo final é a perfeição que é raramente alcançada. (Discursou Agastya)

"Eu compreendo. Eu nasci do meu pai desde o princípio e era conhecedor de todas as coisas. No entanto, esta memória é perdida a cada uma das minhas etapas de renascimento. Nesta última, tive a oportunidade de conviver com a miséria, o sofrimento e a rejeição. Através duma escolhi ruim cai numa "Noite escura" profunda onde esqueci dos meus princípios e só pensei em mim mesmo. A ação do espírito santo promoveu a minha reação e com o conhecimento adquirido pude ver as coisas claramente. Hoje, vivo em comunhão com o pai e acredito que a perfeição possa ser alcançada em instâncias superiores. Então no meu conceito carma são os obstáculos de progressão espiritual e ao serem superados liberam nosso ser para voos mais altos. (O vidente)

"Entendi. Meu maior carma foi tentar superar a dor da perda da minha mãe. O tempo me ajudou a amenizar a dor, mas ficou a lembrança. Acredito que só superarei esta etapa ao reencontrá-la no mundo espiritual e direcionar-me ao altíssimo. (Renato)

"Verdade. Este reencontro fará bem ao seu espírito. No momento, tente concentrar-se no presente e na sua missão na terra. Você é ainda muito jovem. (Agastya)

"Tem razão. Onde quer que ela esteja, está me abençoando e dirigindo-me ao caminho do bem. (Renato)

"Amém. (Agastya)

"No nosso mundo, o meu maior carma foi ter que conviver com a perda de muitos irmãos na guerra dos anjos. Maldito Lúcifer! Devido a sua arrogância, inveja e orgulhos perdeu-se um terço dos anjos. Ainda choro por eles, mas depois reflito bem e me acalmo. Foi também escolha deles e terão que pagar por isso. (Rafael)

"Estava marcado. Todos nós somos peças num tabuleiro em que o jogador é Deus. Alguém teria que romper com ele para que o livre arbítrio pudesse existir. Na nossa pequenez compreendemos isso. (Lembrou Uriel)

"Exato. Tudo tem um motivo e um destino do qual não se pode fugir. Isto também se relaciona ao carma. Vamos seguindo. Acompanham-me. (Reforçou Agastya)

O mestre levanta-se e caminha um pouco mais com os discípulos em seu encalço. O tempo esquenta um pouco e as nuvens nubladas desaparecem por completo. A natureza era mesmo sábia e dava sinais de que apoiava o intento de nossos companheiros. Uns duzentos metros depois, eles estacionam entre duas árvores gigantescas e então a conversa pode ser retomada.

Um pouco sobre as questões religiosas

O mestre descansa, respira um fundo e lança olhares ao redor. Graças ao Senhor, estava tudo tranquilo até agora. A floresta oriental que circundava o mosteiro e a cabana era completamente segura em todos os sentidos.

"Estamos entre duas gigantes. Vocês sabem o que faz o ser humano ser grande? Seus valores, sua fé, seu carisma, amor e solidariedade. Não é porque faço parte de uma religião A ou B que terei a salvação garantida. Não há um caminho definido. Através de nossas obras é que encontraremos a salvação.

"Sim. Meu pai está presente em todas as religiões boas. Estes falsos religiosos preconceituosos e ignorantes não terão lugar no meu reino. Eu peso os corações. (Divinha)

"Meu amado Senhor, já que me conheces. Como me julgas? (Renato)

"Você é um jovem com alma de criança, Renato. É também meu amigo. Aqueles que acreditam em mim nunca ficarão decepcionados. (Aldivan)

"Amém. Eu creio. (Renato)

"Na verdade, há inúmeras religiões e um só reino de Deus. Através do nosso querido Divinha, Deus pretende reunir uma boa parcela do seu rebanho. (Rafael)

"Está no seu destino. (Confirmou Uriel)

"Eu não sou nada sem vocês. (Completou o Filho de Deus)

"Estamos unidos e isto é um sinal bom. Agora, devemos cultivar nossa natureza interior e cada ato nosso pode ser considerado uma atividade religiosa. Ao escolhermos uma religião, temos que ter em mente seus preceitos e regras. Daí deriva o conceito de moralidade e imoralidade. É uma grande tarefa na vida de cada indivíduo e devemos refletir bastante. (Agastya)

"Sentir-se bem, seguro e apoiado é o que devemos considerar na decisão. Independente da escolha, meu pai quer comprometidos com a causa do bem. Isto é o mais importante a destacar. (O vidente)

"Exatamente. (Rafael)

Um pouco sobre o universo

"O universo é o conjunto de tudo o que foi criado e o que está surgindo a cada momento. O universo é infinito. Ele é constituído de seis substâncias independentes e eternas: alma, conteúdo, princípio de movimento, princípio de descanso, espaço e tempo. Qual é a definição vossa para esses temos? (Agastya Karaf)

"A alma surge do sopro do criador e se mantém por toda eternidade. Ela é a ligação do ser vivo com a substância divina. (O filho de Deus)

"O conteúdo é criado pela humanidade e vai sendo aperfeiçoado temporalmente. Não existe ninguém que saiba tudo ou que seja completamente ignorante. Somos todos eternos aprendizes neste plano. (Renato)

"Assim como o criador trabalhou seis dias e descansou no sétimo, os seres vivos têm uma carga programada para realizar suas atividades. A isso denomina-se princípio do movimento vital para o nosso futuro. (Rafael)

"O princípio de descanso equivale ao intervalo de lazer entre as atividades. Esse momento é o adequado para repor forças. (Uriel)

"O espaço equivale ao conjunto físico da criação que pode ser visível ou invisível. Já o tempo é uma unidade de medida para o transcorrer das coisas. (O vidente)

"Ótima as definições. Basicamente é isso. Em termos técnicos de substância temos duas a considerar: Paryay que consiste em nascimento e destruição sendo uma substância transitória enquanto Dravya é uma substância permanente que auxilia nas contínuas mudanças. Estes dois termos são interdependentes e inseparáveis. (Agastya)

"Fale-nos mais sobre a alma. (Solicitou Renato)

"A alma é eterna e divide-se em dois tipos: alma pura e alma mundana. Características da alma pura: está livre de todos os Carmas; faz parte da essência divina; possui infinito e perfeito conhecimento; não tem corpo físico; está liberada do ciclo de reencarnações e não sente dor ou prazer. Já a alma mundana tem as seguintes especificidades: Tem muitos carmas; Tem defeitos e qualidades; é constantemente tentada às práticas do mal; sente dor, prazer e atração; seu conhecimento é limitado e imperfeito; possui corpo físico; Através das experiências, tende a evoluir ou piorar; reencarna e tem no máximo cinco sentidos. (Agastya)

"Em conclusão, todos na terra são almas mundanas. (Renato)

"Exato. Agora voltemos a cabana. Lá, conversaremos mais. (Confirmou Agastya)

"Certo. (Renato)

Os outros também concordam numa parada estratégica. Estavam um pouco cansados da corrida contra o tempo que era estar ali. Embora tudo valesse muito a pena, eles tinham um pouco de receio e pressa para solucionar os conflitos e reiniciar a história congelada na linha do tempo. Porém, o desfecho desta aventura ocorreria no tempo de Deus e do mestre e eles teriam que conformar-se.

Eles retomam a mesma trilha só que em sentido contrário tomando cuidado com as pedras e os espinhos. Nada podia dar errado naquele momento. Enquanto caminham, conversam distraidamente sobre assuntos de menor importância. O momento era ótimo para um aprendizado contínuo e duradouro, pois eles se encontravam abertos para isso. A lembrança dos familiares e dos amigos não atrapalhava, pois, era algo gostoso que só aumentava a vontade de vencer. Era por eles e pelo mundo inteiro que estavam dispostos a continuar. Isto era realmente digno.

Foi assim que aproximadamente no mesmo tempo de ida eles chegam na cabana. Como estava próximo do horário de almoço e eles estavam com fome eles vão cuidar da refeição? Num ambiente de paz e tranquilidade, todos cooperam na preparação do alimento que é o prato tradicional da índia já citado em outras ocasiões. Assim que fica pronto, eles servem-se e praticamente devoram a comida. Ao término dela, é que se reúnem novamente em círculo no chão duro do casebre. O mestre estava disposto a ensinar e os discípulos a aprender e vice-versa numa constante troca de conhecimento. Continuemos as falas.

Um pouco mais de conhecimento

"Existem princípios que definem a relação entre a alma e seus carmas. São eles: consciência, afluxo, substâncias inanimadas, servidão, força, pecado, estabilização, esgotamento e libertação. Cada um diga seu conceito, o que entende sobre isso, e então esclarecemos melhor as coisas. (Agastya karaf)

"Todos nós temos uma consciência pautada em nossas crendices morais. Estar com ela limpa é um grande desafio para qualquer um. (O filho de Deus)

"Discordo. Existem pessoas sem consciência a exemplo dos estupradores, pedófilos e os psicopatas. Para estes, o carma é um prazer. (Renato)

"Os dois estão certos em seus pontos de vista. Ter o controle sobre a consciência, quando ela existe, é um dom necessário para a evolução representando um passo para se livra das dores e do desespero. (Agastya)

"O que é afluxo? (Renato)

"É o movimento das atividades dos sentidos do indivíduo. Deve ter-se uma atitude reflexiva para compreender seus erros e tentar corrigi-los. Exemplos de estado de afluxos: Ignorância, Falta de autodomínio, Descuido e Paixões desenfreadas. (Agastya)

"Entendido. (Renato)

"Tudo tem um motivo para existir. Seres, animados ou inanimados, tem sua função no universo e devemos respeitar isso. (Rafael)

"Todos tem energia e isto transforma as relações no universo. O fato de ser inanimado é apenas uma característica. Não quer dizer que não tenha alma. (Completou Agastya)

"Já em relação a servidão eu comparo isto a ligação entre o comandante e seus servos. A hierarquia foi criada para ser respeitada e não discutida. (Uriel)

"Também podemos comparar com o elo entre Deus e as criaturas. Quando isso se rompe, ocorre uma crise e que efetivamente mostrou-se na guerra dos anjos. Daí provém todas as dores, males e confusões. (Agastya)

"Cabe também lembrar que a relação mais apropriada é o cultivo da humildade. Jesus veio mostrar isso através do seu exemplo. O Rei dos Reis era filho de um carpinteiro. (Divinha)

"É o melhor e mais justo caminho. E em relação à força de vocês? (Agastya)

"Eu tive uma grande força ao suportar os maus tratos do meu pai. E uma força maior ainda para esquecê-lo. Aprendi a ser forte em todas as situações. (Renato)

"Minha força é meu Deus. Pela misericórdia dele, superei minha noite escura e tornei-me o homem realizado, disposto e feliz que sou hoje. (O vidente)

"Forjei minha força no campo de batalha diante de inimigos poderosos. Pela glória, honra e dignidade de meu Deus eu lutarei sempre. (Bradou Rafael)

"Minha força é meu amor pelo filho de Deus. Sem ele, não sou nada. (Uriel)

"Eu também te amo e por extensão todo o universo que criei. A força de Deus sempre abençoará os bons, os humildes, os pequenos e os crentes. O meu pai é a maior força que existe. (Divinha)

"Minha força e minha razão de viver são vocês e esta série maravilhosa. Meu muito obrigado por permitirem a minha participação. (Agastya)

"A honra é toda nossa. (Divinha)

"Qual é vossa noção de pecado? (Agastya)

"Pecado é fazer o mal ao outro. No meu exemplo, privar uma criança de sua infância foi um verdadeiro crime. (Renato)

"Lamento muito. Que bom que superou. (Agastya)

"Sim. Graças a guardiã da Montanha e ao meu amado companheiro Divinha. (Renato)

"Não foi nada. O método da superação foi todo seu. (O filho de Deus)

"Obrigado. (Renato)

"Pecado é trair seus companheiros como fez Lúcifer. Como Deus é justo, ele recebeu o pago por sua traição. (Rafael)

"Verdade, irmão. Agora, o céu está livre da presença dele. Mas aí da terra e do mar, pois a vós desceu o diabo tendo grande ira sendo sabedor que seu tempo é medido. (Uriel)

"Eu aprendi com uma amiga que pecado não é exatamente o que está definido nas leis religiosas, é algo mais profundo. Pecar é de alguma forma fazer o outro sofrer. (O vidente)

"Esplêndido. Muitas vezes subjetivo, na minha opinião, pecar é ser infiel aos seus próprios valores. O pecado existe para mostrar ao ser humano sua pequenez e fragilidade em simultâneo, em que mostra a grandeza do criador em sua misericórdia. Roguemos que pequemos menos. (Agastya)

"Amém. (Os outros)

"O que é estabilização? (O filho de Deus)

"É a maneira como alguns seres humanos conduzem seus temperamentos. Eles tornam-se estáveis em relação ao carma, ou seja, nem progridem, nem regridem. (Agastya)

"Entendi. São os chamados patetas. (O vidente)

"Já o esgotamento ocorre quando já não há oportunidade de recuperação, ou seja, o indivíduo já decepcionou tanto e sua forma de agir sem mudança acarretam este estado. Por fim, a libertação ocorre ao final do processo evolutivo fazendo-nos integrar ao Cosmo ou a uma nova série de reencarnações. Estes são os princípios da relação entre a alma e o carma. Penso que por hoje foi o suficiente. Cuidemos, pois, de nossas obrigações. (Recomendou Agastya)

"Está ótimo. Obrigado. (Pequeno sonhador)

"Por nada. (Agastya)

O mestre distribuiu as tarefas domésticas e rurais entre eles para que se ocupassem durante o restante do dia. Quando se sentem cansados, vão dormir. No próximo amanhecer teriam novidades e novas aventuras. Esperemos, pois.

Um novo dia

A noite não fora nada fácil para nossos queridos amigos. Isto porque na calada da noite Renato levantou-se berrando pedindo ajuda. O fato é que ele fora mordido acidentalmente por uma cobra que penetrara sutilmente na cabana. Com a experiência que tinha, o mestre o acalmou revelando que a mesma não era venenosa. Ainda bem! O susto passara e eles então retomaram o sono com mais tranquilidade.

Afora os pesadelos, tudo estava bem com eles e com um amanhecer de um novo dia eles levantam-se dispostos. Como de costume, eles cumprem as obrigações matinais e ao final tomam o café-da-manhã. Ainda um pouco assustados pela noite anterior, eles tentam distrair-se da melhor maneira enquanto comem. Havia muito a conquistar e conhecer ainda naquela grande aventura.

Ao término do desjejum, eles reúnem-se ali mesmo sentando no chão batido e úmido. O mestre então começa a ensinar:

"Voltemos à questão do carma. Existem os seguintes tipos: O que obscurece a pureza da alma, o que obscurece a aceitação, o que leva as pessoas crerem serem feias, o que obscurece o conhecimento, O que obscurece a intuição, o que obscurece o poder da alma, o que obscurece a felicidade espiritual, o que obscurece o espírito em si, o que obscurece a razão da equidade e o que obscurece a imortalidade. Vamos discutir isso agora. Poderiam citar o que leva a isso? (Agastya)

"Eu começo. O que obscurece a pureza da alma é principalmente a mentira, a inveja e a corrupção. Isto torna a alma menos digna. Já o que leva a pessoa viver uma vida de aparências é o medo da rejeição da família e da sociedade em geral. Isto os leva a um carma doloroso. Nós mostramos no livro "Eu sou" como combater e viver sem medo de ser feliz. Está aqui a sinopse do livro: treze histórias, um sonhador, um jovem e dois arcanjos em busca da verdade. O que tem em comum uma depressiva, um pedófilo, uma mulher que provocou aborto, um drogado, um jogador profissional, cientistas, criminosos, uma sexóloga, um esquizofrênico e uma deficiente? Ambos procuram refletir sobre seus atos, seus rumos futuros ao lado do vidente, um ser revolucionário e especial, numa grande viagem no nordeste brasileiro. Declarando-se o filho de Deus, ele promete escutar a todos, aconselhá-los e dar dicas valiosas sobre como retomar a vida mostrando temporalmente sua personalidade e do seu pai. O objetivo maior de tudo é despertar o "eu sou" interno de cada um deles e alcançando este milagre a verdade enfim será revelada. "Eu sou" também representa um grito de liberdade frente às convenções sociais a exemplo do que fez Jesus no passado. "Eu sou" mostra-se desta forma como verdadeiramente o ser humano é em contradição com aqueles que estão acostumados a julgar os outros. Um livro instigante e promete muito. (Renato)

"A depressão é um grande mal da atualidade. Usando qualquer motivo banal, a doença age de tal forma que o indivíduo não vê mais sentido na vida. Em casos graves, alguns chegam até cometer o suicídio carregando este carma nas suas reencarnações posteriores. Deve ser combatido com acompanhamento de amigos, família e de um profissional a exemplo do psicólogo e do psiquiatra. Em relação ao carma do conhecimento, isto relaciona-se ao livre arbítrio. Somos seres destinados à evolução e ao contínuo aprendizado. Porém, se rejeitarmos participar deste processo permaneceremos ignorantes e primários. É questão de escolha pessoal. (Rafael)

"Todos os seres têm uma força divina interior que orienta em todos os momentos da vida. Isto chama-se intuição. Entretanto, se a pessoa segue e permanece no caminho do mal este poder vai diminuindo de tal forma que se encerra em dado momento carregando o carma com mais força. Já o obscurecimento do poder da alma ocorre pelos motivos citados anteriormente pelos meus nobres colegas. É como se ela perdesse as asas e não pudesse mais voar. (Uriel)

"A verdadeira felicidade está em cumprir os mandamentos do meu pai e em estar satisfeito consigo mesmo. Quem pratica o bem mais cedo ou mais tarde terá por merecimento a bem-aventurança? Sabendo que a satisfação não está no outro ou em qualquer objeto. Está no nosso interior e reflete-se da forma que vemos a vida. O que obscurece isso é a ganância, a prepotência e o orgulho. O espírito é manchado devido ao cometimento dos pecados em geral. Meu pai está disposto a perdoar suas falhas se houver um comprometimento com uma mudança e um arrependimento sinceros. (O vidente)

"Equidade. Esta é uma palavra rara no cotidiano das pessoas. Quantas vezes elas não procuram burlar as regras para favorecimento pessoal e dos seus próximos? O que dizer dos políticos e seus apadrinhamentos? E em relação à justiça falha? A verdade é que valemos o que temos.

Isto provoca o carma respectivo. Na questão da imortalidade, podemos perdê-la no momento que rejeitamos e escolhemos ter maldade no coração. A partir deste instante, não somos mais imortais. Recomendo a prática das seguintes virtudes para tornar-se plenamente puro: Paciência, perdão, pudor, humildade, simplicidade, candura, contentamento, veracidade, autodomínio, controle de sentidos, austeridade, penitência, renúncia, celibato e castidade. (Agastya)

"Esplêndido. Paciência é realmente uma grande virtude para quem tem. Temos que entender que as coisas só acontecem no tempo de Deus e não exatamente quando queremos. Já o perdão liberta a alma dos rancores e da maldade. Em relação ao pudor, é extremamente necessário para convivência em sociedade. (O vidente)

"Aprendi nas sagradas escrituras o valor da humildade e sempre busco praticá-la. Também sou simples e educado com as pessoas. A candidez é algo raro hoje em dia, mas admiro quem pode tê-la. (Renato)

"Estou sempre contente com meu trabalho, em mim só existe a verdade e tenho autodomínio. Isto é essencial para controlar meus impulsos. (Rafael)

"Os sentidos são incontroláveis e é importante reconhecer suas falhas quando elas acontecem. Ser austero também é essencial no mundo dito em crise e a penitência é uma forma de redimir os pecados dos pobres pecadores. (Uriel)

"Muito bem! Agora é a minha vez. Amor também é renúncia, quando não podemos alcançar a felicidade é bom sentir-se feliz com a felicidade do outro. Ser celibatário é importante e menos pesado, mas se encontrar alguém que lhe corresponda não perca a oportunidade e vá em frente. Já a castidade é uma escolha pessoal que Deus aprecia. Porém, se não controlar seus impulsos, fazer sexo não o condenará a menos que cometa algum pecado. Bem, isto é o que queríamos dizer sobre isso. Agora, que tal um passeio na cidade? Quero mostrar algumas coisas para vocês. (Agastya Karaf)

"Adoraria. (Renato)

"Eu também. (O filho de Deus)

"Ótima ideia. Fará muito bem a todos. (Rafael)

"Vamos! (Concordou Uriel)

Com o aval de todos, o grupo levanta-se do chão, arruma uma sacola com objetos essenciais e sai imediatamente do casebre. A perspectiva de novidades anima a todos já um pouco cansados da monotonia rural. O mestre abstém-se de dar mais informações sobre a sede municipal.

Aquele momento estava coroando uma trajetória rica de aprendizado referente à oitava aventura do grupo. Inúmeras pessoas participaram deste trabalho e ainda iriam participar. A equipe da série "O vidente" era inigualável.

O primeiro passo da equipe é pegar uma lotação ao chegar na via de terra mais próxima. Começa aí uma grande aventura cheia de poeira, balanços, conversas e observação da natureza selvagem. A índia era um país realmente digno de ser visitado por ser encantador e espetacular.

Durante trinta minutos eles fazem os exercícios citados e ao chegar em Haldia, Cidade com mais de duzentos mil habitantes e importante porto Fluvial e industrial, eles se encantam. Tudo diferia do mundo ocidental: O trânsito desorganizado, animais e humanos convivendo tranquilamente, comidas requintadas e exóticas oferecidos em bancas, e a grande cordialidade com os turistas é marcante. Eles andam algumas quadras e neste caminho conhecem alguns pontos marcantes da cidade e algumas pessoas simpáticas. Tudo estava valendo mesmo a pena.

Ao ficar de frente com uma casa simples de estilo indiano, o mestre bate na porta sendo atendido por uma jovem totalmente diferente duma ocidental esteticamente falando: cabelo preso, calças ajustadas no corpo em vez de saia, blusa de mangas longas e feições tristes. A realidade para a mulher naquele país era entendida como de exclusão e de preconceito conforme percebemos.

Gentilmente, ela os atende e a seu convite entram em sua residência. A sala é o primeiro ambiente que veem extremamente decorada com esculturas, quadros e móveis de bom gosto: sofá, estante, armário e centro. Eles ficam no sofá, ela chama o filho que vem do quarto e inclui-se no grupo. É iniciada então uma conversa em inglês traduzida no livro para o português.

"Minha grande amiga, como vai? (Agastya)

"Estou levando a vida. E você? Quem são estes nobres estrangeiros? (Yamir)

"Estes são meus discípulos Aldivan, Renato, Rafael e Uriel. Amigos, esta é Yamir, uma jovem separada e este é o filho dela chamado Dipak. (Agastya)

"Prazer. (Concomitantemente Yamir e o filho)

"Prazer. (os outros)

"Trouxe-lhes aqui porque pensei que seria interessante vós contardes sua história para eles. Vai ser altamente esclarecedor. (Agastya karaf)

"É um pouco doloroso, mas o farei com prazer. Isto vai me ajudar a superar meus traumas. Sou nascida numa família de classe média e desde cedo prometida em casamento. Às vezes que eu vi meu marido percebi que ele era grosseiro e arrogante, mas como era uma decisão entre chefes de família eu não podia me opor. Quando cheguei na maior idade, o casamento foi feito e o que mais temia tornou-se realidade. Meu marido era simplesmente um monstro e me tratava como se fosse um objeto dele, mas eu não era. Eu sou um ser humano bom com vontade própria, sentimentos e não uma coisa qualquer. O meu relacionamento com ele chegou a um ponto insustentável com brigas e agressões diárias. Então num ato de coragem resolvi romper com ele e minha família pedindo o divórcio. Logo depois, saí de casa e fui viver minha vida. Meses depois, soube que eu estava grávida o que me deu mais forças para continuar lutando por mim e por ele. Eu tinha formação em faculdade e apesar do preconceito do mercado arranjei emprego. Foi o bastante para garantir minha independência. As minhas atitudes tornaram-me a mais detestável das mulheres na ótica dos homens, mas eu estava feliz consigo mesma. Tive meu filho e criei ele com muito carinho e amor. Agora, anos depois, sinto que valeu muito a pena. (Yamir)

"Você é uma guerreira. (Dipak)

"Amo você, meu filho. (Yamir)

"Eu também. (Dipak)

"Para meu pai, você tem todas as qualidades e condições de entrar em nosso reino. Está de parabéns. (o vidente)

"Obrigada. (Yamir)

"Minha decisão também foi parecida. Enfrentei a tirania do meu pai e saí de casa. Foi a melhor decisão da minha vida. Sinta-se abraçada. (Renato)

"Apenas com a diferença de gêneros. (Observou Yamir)

"A situação é parecida porque em nosso país vivemos também condições ruins. (Renato)

"Na fraqueza é que se demonstra a força. (Uriel)

"Nas diferentes sociedades humanas é quase unanime o desrespeito com a vontade da mulher e isto tem ocasionado de pequenas a grandes tragédias. (Rafael)

"Eu também sinto na pele isso. Sou homossexual. Sou perseguido por essa orientação e não consigo arranjar um parceiro fixo o que me obrigou a renunciar ao amor. Eu não tive outra escolha. Eu sou um criminoso na legislação em meu país e muitas vezes tive que mentir para não ser preso. (Dipak)

"Isto é triste. (o vidente)

"Horrível! (Renato)

"Até quando, meu Deus, as pessoas irão ser julgadas pelo sexo ao invés de serem medidas pelo caráter? Até quando? (Lamentou Uriel)

"Até quando existir mundo. (Rafael)

"Veem meus amigos? Antes de reclamar de qualquer coisa, pensem na situação destes dois e reflitam. Foi por este motivo que vos trouxe aqui. (Agastya Karaf)

"Foi ótimo mesmo. (O filho de Deus)

"Bem, esqueçamos os problemas e aproveitemos este momento. Aceitam chá com bolachas? (Yamir)

"Não dará muito trabalho? (Agastya)

"Trabalho nenhum. (Yamir)

A anfitriã levanta-se e direciona-se a cozinha para preparar o lanche enquanto os outros continuar a comunicar-se alegremente na sala. Yamir era realmente uma boa mulher: prestativa, educada e atenciosa. Aquele momento estava servindo para criar laços de amizade e desafogar um pouco suas mágoas.

Com delicadeza, ela prepara uma jarra de chá e bolachas de leite para seus convidados. Neste tempo, aproveita para descansar a mente repousando em seus sonhos que esquecera algum tempo atrás. Quando era garota sonhava em ser médica pediatra, mas devido à concorrência brutal nesta área terminou optando por ser fisioterapeuta. Estava feliz com sua condição atual, mas o fato da desistência ainda gerava mágoas. Tinha que aprender a conviver com isso.

Decidida a seguir em frente, ela retorna à sala com os alimentos já preparados. Dá a cada um, uma porção e fica com outra. Imediatamente, a conversa continua.

"Como foi conviver com a perda familiar por conta de suas atitudes, Yamir? (Renato)

"Foi muito difícil, mas foi algo estritamente necessário. Eu tinha que dar meu grito de liberdade frente a uma sociedade que só me massacrava e o desrespeito começava em casa. Se faziam isso, é porque verdadeira não me amavam. E como foi sua experiência? (Indagou ela)

"Foi mais traumática ainda porque eu era apenas uma criança. Fui muito corajoso ao decidir fazê-lo. (Renato)

"Verdade. Estamos de parabéns. (Yamir)

"Eu tenho certeza que fizeram a coisa certa. Ser autor da própria história é o primeiro passo para ser feliz. (Afirmou o filho de Deus)

"Amém. Está ficando tardiamente. Vamos embora? (Agastya karaf)

"Vamos. (O vidente)

"Não querem esperar para o almoço? (Yamir)

"Não, obrigado. O lanche vai ser ótimo. (Rafael)

"Está bem. Então muito obrigado pela visita. (Yamir)

"Nós que agradecemos. Foi muito proveitoso. (Uriel)

"Adeus. (Dipak)

"Adeus. (Os outros)

Eles cumprimentam-se antes de sair e ganham as ruas em sentido sul. Segundo o mestre, há algo que ele queria mostrar. Neste instante, as expectativas e as esperanças eram enormes em vista do seguimento da aventura que entrava num período de definição.

Enfrentando o trânsito normal de uma cidade média eles andam cinco quadras até terem acesso a uma rua mais afastada. Eles param no fim dela do lado direito, onde dormem no chão um grupo de moradores de rua. Diante de um deles, o mestre faz questão de explicar.

"Veem amigos a situação desoladora de algumas pessoas? É importante agradecer pelo que temos, pois, diante destes é muito. (Agastya)

"Isto é culpa de quem? Na minha opinião, do capitalismo, da competitividade, dos governos e dos ricos avarentos. (Renato)

"E da falta de ação do próprio indivíduo, pois quando queremos algo o impossível não existe. (Complementou o vidente)

"Nós só queremos uma oportunidade, mas nesse mundo não vejo como. (Bradou o flagelado)

"No meu mundo terão. Eu prometo aos que me seguirem um reino de delícias onde a paz, a igualdade, o sucesso e a fraternidade prevalecem. (Divinha)

"Então quero entrar neste reino. (O flagelado)

"Seja bem-vindo. (O filho de Deus)

"Obrigado (Retribuiu ele)

"Continuemos em frente. Precisamos absorver mais conhecimentos. (Agastya)

"Certo. (concordou Aldivan)

Eles deixam algo para comer com aqueles condenados e partem com a certeza de que se não poderiam transformar aquela realidade poderiam ao menos suavizá-la. Mudando o trajeto, eles direcionam-se ao rio e com vinte minutos de caminhada vigorosa chegam junto às suas margens. O rio Hoongly é um dos principais meios de transporte para a zona rural sendo dessa maneira que eles iriam retornar para a casa.

Eles adentram no pequeno barco com outras pessoas. A sensação de estar a bordo é incrível: O balanço das águas, o ar úmido, as boas conversas e as novas amizades com as outras pessoas. É assim que eles vão se distraindo ao longo do tempo.

Não sabiam exatamente em que ponto estavam da aventura, mas já assimilaram coisas importantes e estavam prontos para as demais. Fora uma ótima ideia ter decidido ir para lá.

Próximo do fim da viagem, ocorre a maior surpresa de todas. O mestre aproxima-se do vidente e num bote espetacular em seu bolso pega um papel e joga fora. A reação do dono é choro e desconsolo. O que faria agora?

"Mestre, tu sabes o que acabasse de fazer?

"Eu não sei, mas eu percebi que trazes este papel junto contigo desde o início da aventura. Isto é um lixo e é isto o que eu queria mostrar para você. (Agastya)

"Era a carta que escrevi para meu amor. (Respondeu o vidente em soluços)

"Mas que amor é esse que só te entristece? (Renato)

"Amor como esse é melhor não ter nenhum. (Reforçou Rafael)

"Dê-se mais valor, amigo. (Uriel)

"Tem razão. Obrigado a todos. A partir de agora, está sepultado e enterrado. Vou seguir em frente. (O vidente)

"É assim que se diz. (Agastya)

Um silêncio perdurou até eles desembarcarem, pagarem as passagens e chegarem em casa. O restante do dia foi preenchido com outras atividades. Agora restava esperar por mais emoções em outra oportunidade.

Penitência

O sol surgiu novamente despertando os desejos tenros dos nossos amados amigos forasteiros. O novo dia trouxe mais ânimo e disposição de aprender para aqueles que estavam focados nisso. Estavam tão concentrados que a saudade de casa já não era tão forte quanto deveria representando uma verdadeira evolução.

Logo que levantam, procuram ocupar-se junto ao mestre no cumprimento de atividades normais. Era notável a alegria de todos devido ao dia anterior ter sido realmente proveitoso. Certamente que procurariam viver outras intensas aventuras aproveitando cada instante como se fosse o último. O tempo corria inevitavelmente para o futuro.

Quando tudo fica pronto, eles comem o desjejum em meio a brincadeiras, conversas e tranquilidade. Ao seu término, reúnem-se novamente e o chefe faz questão de explicar:

"É muito difícil livrar-se do carma. Portanto, deve-se evitar o carma e isto só é possível de duas maneiras: através da penitência externa ou interna. A penitência externa refere-se à abstinência de alimentos e é isto que vamos praticar a partir de agora e ao longo do dia. Já a interna é um momento de reflexão onde a meditação é a prática mais recomendada.

Com um sinal, o mestre solicita que fiquem em quadrado no chão e em posição de relaxamento começa a ensinar os discípulos a forma de despertar seu "Eu" Interior. O exercício serve para conectá-los mentalmente e retirar todo o sentimento de preocupação e medo dos deles. Cada um deve procurar viver esta emoção, mas pode ser destacado a sensação de proteção e paz para os que praticam. Saber meditar é a chave do sucesso.

Concluída esta etapa, inicia-se o processo de jejum que duraria o dia inteiro. Eles fazem isso em memória dos seus antepassados.

O exercício de libertação

O aprendizado não parou por aí e eles partem para o segundo exercício do dia. Eles levantam-se, apoiam os pés no chão com firmeza e auxiliados pelo mestre esticam braços e pernas. Com o movimento aplicado, isto lhes provoca uma ótima sensação de liberdade e de poder.

Sim, eles poderiam ainda conquistar a felicidade pelos seus próprios merecimentos tendo ao seu lado um pai espiritual e um guia carnal que sempre os incentivava. Para que algo desse certo, são necessários os elementos certos e estes eles já conheciam fazendo daquela turma a mais espetacular de todas.

Uma lição

Após tudo isso, o mestre chamou os discípulos em separado e concluiu:

"Chegou o momento tão esperado. Eis que vou lhes dar a história tão pretendida. Aproxime-se vidente.

O filho de Deus não hesitou e com alguns passos ficou ao lado dele.

Esticou o braço junto ao rosto do hindu e com o toque pode então ver um pouco de sua trajetória. Há um leve tremor e um escurecimento e então se inicia a visão com a descrição detalhada do mestre.

Parte II

Marte em Perigo

Eu estou me lembrando de uma das minhas encarnações. Eu vejo uma luz ao fundo e um planeta povoado, rico e feliz ainda nessa galáxia. Se eu não me engano trata-se do planeta Marte em seus tempos de glória e ostentação. Marte era habitado por uma sociedade civilizada e evoluída, dona de uma tecnologia considerada hoje invejável. Seu povo era honesto, batalhador e consciente. Éramos exemplo em todo o universo e aliado a uma grande riqueza natural nos credenciava a ter um futuro promissor. Até que algo mudou.

Fomos atacados por seres alados de asas negras vindos do espaço. Eram muitos e mesmo reagindo não tivemos oportunidade contra aqueles monstros. As nossas dez cidades estados (Petropóli, Kandar, Beirute, Pégasos, Cicília, Betes, Randornef, Estrele, Pontes e Maestrel) foram tomadas e começou aí um domínio perverso. Chefiados por um tal de Lúcifer, o grande dragão, os demônios nos escravizaram em todos os sentidos. Todos, grandes e pequenos deste mundo, tornaram-se servos dele.

A nossa situação era extremamente vexatória pela nossa fragilidade e falta de perspectivas. Sem dúvida, os demônios eram mais fortes e mais preparados. Entretanto, aquela situação angustiante não era justa conosco. Tínhamos que de alguma forma tentar mudar o rumo desta história.

Decisão

Foi buscando achar uma saída que eu e mais alguns líderes de nosso mundo nos reunimos secretamente. Numa discussão acalorada e cheia de sugestões, aprovamos a tentativa de reação com o intuito de proteger nosso mundo. Seria isto loucura diante de um inimigo tão poderoso?

O que sabíamos era que a situação atual não podia continuar? Nenhum povo tinha o direito de escravizar o outro e estávamos em nossos domínios. Porém, sabendo do desafio que era isto resolvemos nos reforçar com contingentes de outros mundos. Era a única oportunidade de vitória. Iríamos passo a passo tentar retomar o domínio de nosso mundo tão querido.

Petrópoli-O início da Guerra

Juntando forças aliadas de outros planetas, declaramos guerra contra os duques do mal e a carnificina começou. Numa guerra, não há bom ou mal, e sim adversários. O primeiro campo de batalha foi em Petrópoli, cidade mais afastada do centro que tinha cerca de trezentos mil habitantes.

Nosso grupo aliado era gigantesco e mesmo com a superioridade física dos adversários, fomos ganhando campo de batalha. Destroçávamos os inimigos aos montes. Embora isto não nos fizesse feliz pelo fato de sermos um povo pacífico, aqueles demônios malditos mereciam aquilo. Eles tinham simplesmente roubado nossa liberdade, confiança, dignidade e esperança de um futuro melhor.

Ao derrotar cinco frentes de batalha, os inimigos recuaram preventivamente e então nosso grupo avançou em direção a sede. Tomamos a cidade e fizemos uma festa em honra daqueles que morreram no campo de batalha. O primeiro capítulo desta história terminara.

Em kandar

A euforia pela primeira vitória nos fez reunir mais forças e avançar. Nosso povo ainda clamava por justiça frente a empáfia dos inimigos. O problema de tudo foi tê-los subestimado.

Em kandar, cidade a trinta quilômetros a oeste e com trezentos e cinquenta mil habitantes, fomos surpreendidos por uma trupe poderosa de demônios. Eles nos cercaram e destilaram todo seu ódio pelo revés anterior. A nossa sorte foi o chefe do grupo que nos deu cobertura permitindo que uma parte de nós fugíssemos. Ainda bem! Apesar de derrotados numa segunda etapa, ainda tínhamos oportunidade de reagir.

Beirute

Avançamos frente ao inimigo em direção à cidade de Beirute. Estávamos cansados e tristes pela derrota anterior, mas não tínhamos escolhas a não ser persistir no caminho mesmo que os resultados se mostrassem desastrosos.

As perdas anteriores mexeram bastante com nossa autoestima e confiança. O melhor seria refletir e buscar soluções do que partir para um novo confronto contra um inimigo tão poderoso. O resultado foi que caímos novamente diante de nossa população. Tivemos que fugir como ratos de modo a evitar um desastre maior. Éramos uma vergonha para os quinhentos mil habitantes daquela cidade.

O que fazer agora?

Pégasos

Eu e mais outros renomados representantes do povo marcamos uma reunião na cidade mais próxima, pégasos, cidade cosmopolita e centro de cultura, com cerce de seiscentos mil habitantes. Explanei meu plano e por unanimidade ele foi aprovado. Tratava-se de convocar a maior força do universo, o grupo de Anjos do planeta Kalenquer.

Mandamos um emissário especial para este planeta e para nossa graça e salvação nosso pedido de socorro comoveu O senhor Jesus. Ele enviou seus melhores homens para pôr fim ao domínio demoníaco em Marte.

Houve grande alegria em nosso planeta com a chegada dos nossos defensores e temor por parte dos nossos algozes. Certamente a guerra mudaria de situação a partir de agora.

Logo que chegaram, mandaram um bom número de anjos para o

campo de batalha na citada cidade. De uma luta equilibrada a mais propensa para o nosso lado, derrotamos o inimigo com louvor. Comemoramos o feito, mas ainda era cedo. O grupo de Satanás também era forte e sem dúvidas iria reagir.

Cicília

Dito e feito. Satanás conseguiu mais reforços e desafiou os anjos para mais uma batalha. Foi um choque fenomenal: sangue, gritos, desespero, morte e esperança. Pela primeira vez, lutávamos de igual para igual com aqueles monstros sem coração. Era algo triste e, em simultâneo, fantástico. Lembro bem do momento mais marcante desta batalha: A morte do meu melhor amigo. Sofri muito com isso, pois, mesmo estando ao seu lado todo o tempo, não pude evitar. Maldita guerra que ceifa vidas! De modo a me vingar, destrocei o demônio com minha espada. Porém, não consegui tirar o gosto amargo da garganta. Foi realmente uma grande perda lamentada por todos.

Ao término da batalha, de comum acordo, o empate foi definido. As tropas recolheram-se e todos foram descansar. Cada grupo iria planejar melhor sua estratégia para sair vencedor desse combate mortal.

Betes

A nova batalha foi marcada para Betes, cidade localizada no centro do país, onde a expectativa para um novo espetáculo sangrento era intensa. Logo começaram a batalhar com Satanás e Miguel comandando satisfeitos seus anjos neste que era o terceiro encontro entre os rivais. Para quem gosta de emoção, massacre e impiedade este era o espetáculo perfeito.

Meu Deus! Por que não perpetuar a paz, a harmonia e a união entre os seres? Eu explico. Por conta de divergências de poder em que o grande dragão pretendia ser maior que, na verdade, era ocasionou esta confusão desde o princípio. Era bem provável que isto só fosse resolvido no final dos tempos.

De maneira diferente da vez anterior, o mal prevaleceu em todas as instâncias equilibrando mais as forças. O bem retrocedeu e conseguiu afastar-se a tempo de evitar uma tragédia. Foi marcada um novo confronto para a próxima cidade.

Em Randornef

Havia algo errado. Não era possível que anjos tão poderosos quanto os comandados de Miguel e dos outros seis arcanjos tivesse fracassado. Teriam subestimado demais a força do inimigo? Provavelmente, este era um dos motivos além de outros que não convém citar. Bem, de qualquer forma, o melhor agora era preparar-se para os eventos posteriores.

Em vista disso, os servos foram submetidos a um treinamento especial comando pelos líderes das legiões onde ficaram mais fortes e mais preparados. Ao sentir que estavam prontos, eles foram enviados ao campo de batalha localizado na cidade seguinte, conhecida como Randornef. Era uma bela cidade importante pelo seu conjunto industrial e arquitetônico servindo de habitação para cerca de setecentos mil indivíduos.

Então a batalha começou. Diferentemente da outra vez, a força do bem estava disposta a tudo arriscando seriamente suas vidas. Este tipo de atitude só engrandecia o grupo de Miguel, a maior força do universo. Por uma boa causa, a libertação dos marcianos, eles lutariam com garra, força e fé até o fim. Durante o confronto, as chispas de fogo saíam por todos o lado resultante da luta de espadas. A maior dilaceradora é a espada flamejante do Grande Arcanjo que ceifa impiedosamente a vida dos adversários. Quem é como Deus e quem pode desafiá-lo? Certamente, não havia ninguém a ele em todo o universo. Com o nosso apoio, o resultado foi ainda melhor e as esperanças renasceram outra vez. Aterrorizados, os inimigos e voltaram junto aos seus para tentar de outra vez uma reação. Que viessem! Estávamos preparados para recebê-los e defender nossa integridade.

Estrele-O nosso refúgio

Os demônios não tinham saída. Com a derrota anterior e a consequente baixa em seu grupo tinham poucas oportunidades de vitória em relação ao confronto geral. Entretanto, eles eram arrogantes, teimosos e orgulhosos e não se dariam por vencidos tão facilmente.

Foi assim que eles avançaram contra a frente de defesa alguns quilômetros depois, próximo da cidade de Estrele. Com a garra nunca vista, em alguns momentos, eles chegaram a equilibrar a disputa, mas terminaram sucumbindo diante da força e maior número das forças do bem.

Eles foram expulsos da cidade e então os nativos puderam comemorar. Já era a oitava sede que eles conseguiam retomar. Agora, só restavam duas para a vitória ser total.

A batalha decisiva em Pontes

De modo a evitar qualquer oportunidade de defesa, o grupo comandado pelos grandes arcanjos avançou de encontro às últimas tropas inimigas postas em Pontes. O resultado do embate foi a batalha mais sangrenta de esta guerra. Um quarto dos demônios foram exterminados e o restante que sobrou foram definitivamente expulsos do planeta, jogados a esmo no cosmos.

Mais uma vez a força do bem vencera pondo fim a uma tirania que já se consolidava há um tempo. O povo reuniu-se e promoveu uma festa de gala na capital para os estrangeiros que lhe conseguiram a liberdade. Os heróis foram condecorados com as maiores honras do reino.

Porém, eles despediram-se imediatamente devido aos compromissos que tinham na administração do Reino de Deus sediado em kalenquer. Havia um universo a ser monitorado constantemente.

Final da História

Não me lembro quanto tempo passou mais vivemos bem depois da saída dos demônios em nosso planeta. Até que um belo dia houve a queda dum meteoro colossal que afetou e devastou a vida de nossa querida Marte. Os poucos sobreviventes morreram devido à escassez dos recursos naturais.

Os espíritos foram recolhidos pelos anjos e reencarnaram em diferentes planetas. Eu cheguei à terra e desde então vivo num ciclo constante de encarnações. No momento eu estou aqui.

Volta para casa

"Meu muito obrigado por tudo. Como prometi, está nomeado participante oficial da série o vidente. Ainda temos que muito a aprender em outras ocasiões. Agora, terei que retornar aos compromissos de casa. (O vidente)

"A honra foi toda minha. Meu muito obrigado também! (Agastya)

"Vou ter muitas saudades. Mas será um até breve. (Renato)

"Sinto o m

esmo Renato. (Agastya)

"Estamos reforçando nossa equipe. Ainda vamos dar o que falar. (Rafael)

"O vidente e sua turma irão conquistar o mundo. Amém. (Uriel)

"Não sou nada sem vocês e os leitores. Vamos continuar juntos! (O vidente)

"Pronto, meu amado? (Uriel)

"Sim. (O vidente)

Uriel pegou o filho de Deus e Rafael pegou Renato, ambos no colo. A força dos arcanjos é colossal e não é nenhum esforço carregá-los por grandes distâncias. Eles levantam voo e numa alta velocidade começam a percorrer o caminho de volta com destino a província de Pernambuco, no interior do Brasil.

Enquanto voam os pensamentos deles concentram-se no retorno à vida de sempre juntos aos seus familiares. Era uma rotina monótona e sem graça diferentemente de suas aventuras com a turma. No entanto, era necessário para o equilíbrio das forças. Os anjos brincam com os humanos fazendo rodopios no ar o que provoca medo, curiosidade e contemplação. Que mágico! Eram mesmos abençoados por todo o trabalho feito até ali. O céu seria limite para aqueles sonhadores? Certamente que a resposta for negativa. Nada era impossível para o filho de Deus e seus amigos.

Foi num clima de paz e harmonia chegando em casa e vão descansar. Agora era esperar as próximas aventuras que prometiam ainda mais. Aguardem!

Final

www.ingramcontent.com/pod-product-compliance
Lightning Source LLC
LaVergne TN
LVHW020942200726

843506LV00011B/2095